LE MASQUE
Collection de romans d'aventures
créée par
ALBERT PIGASSE

BLACK COFFEE

Agatha Christie

BLACK COFFEE

Traduit de l'anglais par Jean-Michel Alamagny

LIBRAIRIE DES CHAMPS-ÉLYSÉES

CE ROMAN A PARU SOUS LE TITRE ORIGINAL :

BLACK COFFEE

1

Hercule Poirot prenait son petit déjeuner dans son luxueux appartement de Mayfair, havre de paix tout entier voué au double culte de l'angle droit et de la symétrie. Et il venait de se régaler de sa brioche et de sa tasse de chocolat chaud quand, rompant incongrûment avec la sacro-sainte tradition — car c'était un être d'habitudes et qui dérogeait rarement à la routine —, il pria de but en blanc son fidèle valet de chambre, Georges, de lui en préparer une seconde tasse. Puis, tandis qu'il se mettait en devoir d'attendre cet extravagant supplément de breuvage, il accorda un regard complaisant à l'image que lui renvoyait le miroir en pied — rectangulaire, comme il se doit — qui lui faisait face de l'autre côté de la pièce. Court sur pattes, la soixantaine bien sonnée, silhouette menue en dépit de la plaisante rondeur de sa bedaine, il avait le crâne en forme d'œuf et des moustaches superlatives qui se relevaient dans un élan de pétulance contrôlée. Apparemment satisfait de ce qu'il voyait, il reporta son attention sur le courrier du matin qu'il avait déjà parcouru et qui attendait sur sa table.

Toujours aussi féru d'ordre et de méthode, il avait fait des enveloppes, une fois vidées de leur contenu, une pile impeccable. (Il les avait méticuleusement ouvertes à l'aide du coupe-papier en forme d'épée miniature que son vieil ami le capitaine Hastings lui avait offert pour son anniversaire des années auparavant.) Une deuxième pile concernait les envois qu'il jugeait sans intérêt — des prospectus pour la plupart — et qu'il chargerait tout à l'heure Georges de jeter à la corbeille. La troisième était constituée de lettres qui exigeaient réponse, ou à tout le moins accusé de réception. Il s'occuperait d'elles après le petit déjeuner, en tout cas pas avant 10 heures. Poirot estimait en effet qu'entamer une journée de travail casanier avant 10 heures du matin trahissait un cruel manque de professionnalisme chez l'imprudent qui s'y risquait. Lorsqu'il était sur une affaire, alors là, bien entendu, il en allait tout autrement. Il se rappelait même qu'un jour Hastings et lui s'étaient mis en route bien avant l'aube histoire de...

Mais non, Poirot ne voulait pas que ses pensées s'en aillent vagabonder sur les rives du passé. De ce passé si proche, encore, mais auquel il ne pouvait s'empêcher de songer autrement que comme au bon vieux temps. Sitôt résolu ce qui deviendrait leur dernière affaire menée en commun, la lutte contre l'organisation internationale du crime connue sous le nom des « Quatre », Hastings avait cinglé vers l'Argentine pour y retrouver sa femme et son ranch. Et, bien que le cher homme séjournât actuellement à Londres en voyage d'affaires, leur collaboration appartenait indubitablement au passé. « Que d'émotions partagées, à l'époque ! rêva Poirot. Alors que désormais, que faisons-nous ensemble, Hastings et moi ? Il nous arrive de dîner parfois dans ce prodigieux palace qu'est le *Ritz*, où il a établi ses pénates. Tout cela est bel et bon, je n'en disconviens pas, de même que les deux ou trois pièces de théâtre que nous sommes allés applaudir ensemble. Mais, ah ! que la vie était belle au temps où... » Non, il fallait vraiment qu'il s'efforce de ne pas ressasser le passé, même si c'était difficile, même si la brève escale londonienne de Hastings ne faisait que raviver la blessure.

Était-ce pour tout cela que Poirot sentait l'agitation le gagner en cette belle matinée de mai 1934 où le printemps commençait enfin à pointer le bout de son nez ? Officiellement retiré des affaires, il s'était plus d'une fois laissé entraîner hors de cette retraite : chaque fois, en fait, qu'un problème particulièrement intéressant lui avait été apporté comme sur un plateau. Il avait alors savouré le bonheur de se retrouver en piste, Hastings à ses côtés qui servait en quelque sorte de caisse de résonance à ses idées et à ses théories. Mais de toute façon, rien qui présentât un intérêt professionnel suffisant n'avait été soumis à Poirot depuis plusieurs mois. N'existait-il donc plus de crimes hors du commun ni de criminels dont l'ingéniosité défiât l'imagination ? Tout n'était-il plus que violence et brutalité primaires en ce bas monde, que meurtres ou vols sordides sur lesquels il eût été indigne de lui de se pencher ?

Il fut interrompu dans ses pensées par l'arrivée silencieuse de Georges, qui apportait cette seconde tasse de chocolat bienvenue. Bienvenue non seulement parce que Poirot allait se délecter de sa riche et douce saveur, mais aussi parce qu'elle lui permettrait quelques minutes encore de ne pas prendre conscience de ce que cette journée, cette belle matinée ensoleillée, s'étirait devant lui sans perspective plus alléchante que son habituelle promenade de santé dans le parc et la traversée à pied de Mayfair pour se rendre à son restaurant favori de Soho. Il y déjeunerait seul de... de quoi, aujourd'hui ? Peut-être d'une terrine de canard pour se mettre en appétit, puis d'une sole bonne femme suivie de...

Il s'aperçut que Georges, après avoir déposé la tasse sur la table, s'adressait à lui. L'impeccable, l'imperturbable Georges au visage de bois, anglais jusqu'au bout des ongles, était au service de Poirot depuis pas mal de temps déjà et correspondait en tout point à ce que le détective attendait d'un valet de chambre. Totalement dépourvu de curiosité, d'une réticence extraordinaire sitôt qu'il s'agissait d'exprimer une quelconque opinion personnelle, Georges n'en constituait pas moins une mine de renseignements sur l'aristocratie anglaise et savait se montrer aussi viscéralement fanatique de l'ordre que le grandissime détective lui-même. « Vous êtes tragiquement dépourvu d'imagination, mon bon Georges, lui avait plus d'une fois concédé Poirot. Mais vous repassez, Dieu merci, les pantalons à merveille. » L'habileté au repassage des pantalons constituait, aux yeux d'Hercule Poirot — qui possédait pour sa part de l'imagination à revendre — un talent infiniment moins répandu. Oui, il avait bien de la chance d'avoir Georges pour s'occuper de lui.

— ... alors j'ai pris la liberté, monsieur, de promettre à ce monsieur que Monsieur le rappellerait ce matin, disait Georges.

— Je vous demande pardon, mon bon, s'excusa Poirot, j'avais l'esprit ailleurs. Quelqu'un a téléphoné, dites-vous ?

— Oui, monsieur. Hier au soir, pendant que Monsieur était au théâtre avec Mrs Oliver. Je me suis couché avant le retour de Monsieur et n'ai pas jugé utile de lui laisser un message par écrit à cette heure tardive.

— Et qui donc m'avait demandé ?

— Un certain sir Claud Amory, monsieur. Il a laissé son numéro de téléphone, dont le seul énoncé tendrait à prouver qu'il réside dans le Surrey. Il a insisté sur le fait qu'il s'agissait d'une affaire assez délicate et que, quand vous le contacteriez, il ne faudrait en aucun cas consentir à donner votre nom mais exiger de parler à sir Claud en personne.

— Merci, Georges. Posez le numéro sur mon bureau. Je l'appellerai après avoir lu le *Times* de ce matin. Il est encore un tantinet trop tôt pour téléphoner, surtout s'il s'agit effectivement d'une affaire délicate.

Georges s'inclina et se retira cependant que Poirot sirotait posément sa tasse de chocolat. Ses pensées allèrent à la pièce de théâtre que sa vieille amie Mrs Ariadne Oliver et lui avaient vue la veille au soir. C'était une pièce policière intitulée *L'Alibi*, avec Charles Laughton, le célèbre acteur britannique, dans le rôle du limier qui résolvait l'énigme. Mrs Oliver, qui s'imaginait que son statut de romancière à succès lui conférait des talents de détective amateur, s'était trouvée fort dépitée que Poirot découvre l'identité de l'assassin avant elle.

— Je ne comprends pas comment vous avez pu deviner aussi vite, avait-elle gémi.

La réplique outrée de Poirot avait aussitôt fusé :

— Je ne devine jamais, chère Mrs Oliver. Je mets en branle mon intellect, je bats le rappel des petites cellules grises qui par milliards peuplent mon cerveau...

Il n'avait pu aller plus loin car Mrs Oliver, fatiguée de l'avoir entendu un nombre incalculable de fois discourir sur le sujet, l'avait arrêté net :

— Non, non, et non ! Assez de vos satanées cellules à la noix. Dépêchons-nous de courir au *Café Royal*, là au coin. Vous pourrez m'y offrir un verre avant que nous allions souper.

Poirot termina sa tasse de chocolat avec un sourire et dodelina de la tête. Chère Ariadne Oliver. Vraiment, il l'aimait bien. Étouffant un petit rire ému au souvenir de leur agréable soirée au théâtre, il se rendit sur le balcon avec son journal du matin.

Quelques minutes plus tard, le *Times* gisait

à côté de lui. Les nouvelles internationales, comme d'habitude, étaient déprimantes. Cet effroyable Hitler avait transformé les cours allemandes en succursales du parti nazi, les fascistes s'étaient emparés du pouvoir en Bulgarie et, pire que tout, dans le pays natal de Poirot, en Belgique, quarante-deux mineurs étaient portés disparus après un coup de grisou dans une mine proche de Mons. Les nouvelles intérieures n'étaient guère meilleures. En dépit de la réticence des officiels, les compétitrices de Wimbledon allaient être autorisées à porter le short cet été. Le carnet de deuil n'était pas réconfortant lui non plus : les contemporains de Poirot, et même un tas d'individus plus jeunes, semblaient pressés de partir pour un monde meilleur.

Son journal abandonné, Poirot se renversa dans son fauteuil de rotin et allongea les jambes sur un pouf. Sir Claud Amory, songea-t-il. Pas de doute, ce nom éveillait en lui un écho. Il l'avait entendu citer quelque part. Oui, ce sir Claud devait être un personnage éminent. Mais dans quel domaine ? S'agissait-il d'un politicien ? D'un maître du barreau ? D'un retraité de la fonction publique ? Sir Claud Amory... Amory...

Le balcon faisait face au soleil matinal que Poirot jugea suffisamment bon pour s'y chauffer quelques minutes. Il ne tarderait pas à devenir trop fort pour lui, qui n'était guère partisan de tout hâle excessif. « Quand le soleil me chassera d'ici, se promit-il, j'irai consulter le *Who's Who*. Si ce sir Claud est une personnalité en vue, il figurera à coup sûr dans ce précieux annuaire. Sinon... ? » Le petit détective eut un haussement d'épaules significatif. Snob invétéré, il était déjà prédisposé en faveur de sir Claud par la seule magie de son titre. Si ce personnage figurait de surcroît au *Who's Who*, inestimable recueil entre les pages duquel apparaissaient également les détails de la carrière de Poirot, alors peut-être vaudrait-il la peine qu'on lui accordât temps et attention.

Combiné à un soudain petit air frisquet, un élan de curiosité le poussa à gagner sa bibliothèque. Il se dirigea vers la section des ouvrages de référence et se saisit de l'épais volume rouge dont le titre, *Who's Who*, était gravé au dos en lettres d'or. Il tourna les pages et trouva le nom qu'il cherchait.

— *Amory*, lut-il. *Sir Claud (Herbert). Anobli en 1927. Né le 24 novembre 1878. Marié en 1907 à Helen Graham (décédée en 1929). Un fils. Études suivies : Weymouth Grammar School, King's College de Londres. Chercheur aux Laboratoires de la General Electric Company en 1905. Royal Air Force, Farnborough (Section Radio), 1916. Institut de Recherches du ministère de l'Air, Swanage, 1921. Découvreur d'un nouveau principe d'accélération des particules : l'accélérateur linéaire par onde progressive, 1924. Reçoit le Prix Monroe de la Société de Physique, etc. Publications : nombreux articles dans les revues spécialisées. Adresse : Abbot's Cleve, par Market Cleve, Surrey. Tél. : 304 à Market Cleve. Club : l'Athenaeum.*

— Mais bien sûr, se murmura Poirot à lui-même. Le fameux savant.

Il se remémora une conversation qu'il avait eue quelques mois auparavant avec un membre du gouvernement de Sa Majesté, après qu'il eut récupéré certains documents disparus dont le contenu aurait pu s'avérer embarrassant pour les autorités. Ils avaient parlé sécurité, et le politicien avait reconnu que les mesures, en ce domaine, n'étaient généralement pas assez rigoureuses.

— Prenez par exemple le cas de sir Claud, avait-il confié à Poirot. Ce sur quoi il travaille en ce moment revêtirait une importance absolument extraordinaire en cas de guerre. Or, il refuse de le faire dans des conditions de laboratoire où son invention et lui pourraient être efficacement protégés. Il tient absolument à travailler seul dans sa maison de campagne. Sans aucune sécurité. C'est effrayant.

« Je m'interroge, songea Poirot en replaçant le *Who's Who* sur l'étagère, je m'interroge... Sir Claud envisagerait-il de ne confier à Hercule Poirot qu'un rôle de vieux chien de garde fatigué ? Les inventions guerrières, les armes secrètes, ce n'est pas pour moi. S'il se trouvait que sir Claud... »

Le téléphone se mit à sonner dans la pièce voisine et Poirot entendit Georges répondre. Un instant plus tard, le valet de chambre fit son apparition.

— C'est à nouveau sir Claud, monsieur.

Poirot s'en fut prendre l'appareil.

— Allô ! Ici, Hercule Poirot, annonça-t-il dans le combiné.

— Monsieur Poirot ? Encore que nous ayons bien des connaissances communes, nous ne nous sommes jamais rencontrés. Je m'appelle Amory, Claud Amory...

— J'ai évidemment entendu parler de vous.

— Écoutez-moi, Poirot, poursuivit son interlocuteur. J'ai un problème diablement épineux sur les bras. Ou plutôt, j'en ai peut-être un, je ne suis pas sûr. Mais sachez que ce que j'ai à vous dire est strictement confidentiel. S'il en parvenait la moindre bribe aux oreilles du public...

— Sir Claud, interrompit Poirot, je puis vous assurer que je suis... — comment formulez-vous cela, vous autres Anglais ? — ah ! voilà : la discrétion personnifiée. Je suis la discrétion personnifiée. Une tombe. Tout ce que vous m'apprendrez restera strictement entre nous.

— Merci. Il va de soi que j'ai en vous une confiance absolue. Mon problème est le suivant. Je travaille sur une formule de bombardement de l'atome. Je n'entrerai pas dans les détails, mais le ministère de la Défense y attache la plus grande importance. Mes recherches ont abouti et je viens de mettre au point un procédé qui permet de fabriquer un nouvel explosif d'une terrifiante efficacité. Or, j'ai des motifs de soupçonner qu'un membre de ma maisonnée cherche à s'emparer de cette formule. Je ne puis en dire davantage pour l'instant, mais je vous serais très obligé si vous acceptiez de descendre à Abbot's Cleve ce week-end en tant que mon invité à titre privé. Je voudrais que vous emportiez la formule avec vous en retournant à Londres et que vous la remettiez, au Ministère, à certaine personne que je vous indiquerai. Il existe, dans les hautes sphères, de bonnes raisons pour ne pas confier cette mission à un homme de la Défense. J'ai donc besoin de quelqu'un qui passe pour un monsieur-tout-le-monde, qui ne soit pas un scientifique mais soit doté de suffisamment d'astuce et d'entregent pour...

Sir Claud continua à parler. Poirot jeta de nouveau un coup d'œil au reflet, dans le miroir, de son crâne chauve qui faisait plus que jamais penser à un œuf à la coque, de sa moustache artistement cosmétiquée, sans parler de son élégant pantalon rayé, de sa jaquette et de ses bottines à boutons. Il se dit que jamais au cours de sa longue carrière il n'avait été considéré — ni ne s'était considéré lui-même — comme un monsieur-tout-le-monde. Cependant un week-end dans la verdoyante campagne anglaise et l'occasion de rencontrer un savant renommé ne seraient pas pour lui déplaire. Non plus, certainement, que l'expression de la gratitude d'un gouvernement reconnaissant — et cela après qu'il se serait contenté de promener dans sa poche du Surrey à Whitehall une formule scientifique après tout fort obscure... si l'on exceptait son côté fracassant.

— Je serai ravi de vous rendre service, cher monsieur, répondit Poirot. Voyons... nous sommes mercredi, n'est-ce pas ? Je m'arrangerai pour arriver samedi après-midi, si cela vous convient, et regagner Londres dès lundi matin avec ce que vous désirez que je transporte. Je me fais une joie de vous connaître sous peu.

« Curieux, songea Poirot en raccrochant.

Que des agents étrangers s'intéressent à la formule de sir Claud, je serais le premier à l'admettre, mais quelqu'un de sa maisonnée... ? »

Bah ! il lui en serait sans doute davantage révélé au cours de ce week-end.

Il se tourna à nouveau vers le téléphone, composa le numéro du *Ritz* et attendit qu'on lui passe la chambre demandée.

— Mon cher Hastings, commença-t-il, pourquoi ne pas prendre quelques jours de vacances, loin de l'atmosphère trépidante de Londres ? Le Surrey est très agréable à cette période de l'année...

— Georges, appela-t-il ensuite, veuillez porter mon costume de tweed de demi-saison ainsi que ma veste et mon pantalon de smoking chez le teinturier. Il vous faudra les récupérer dès vendredi car je pars pour la campagne où je vais devoir passer le week-end.

À l'entendre, on eût pu croire qu'il se rendait dans les steppes de l'Asie Centrale pour y expérimenter un équipement de survie.

2

Sise aux abords immédiats du gros bourg de Market Cleve, à une quarantaine de kilomètres au sud-est de Londres, Abbot's Cleve, la demeure de sir Claud, était une vaste bâtisse d'architecture victorienne érigée au milieu d'un parc de quelques hectares aimablement vallonnés qu'ombrageaient les frondaisons d'arbres centenaires. L'allée gravillonnée qui menait du pavillon de garde — à présent transformé en cottage pour le jardinier — à la porte d'Abbot's Cleve serpentait parmi buissons et bosquets. Bordant tout l'arrière de la maison, une terrasse dominait la pelouse qui descendait en pente douce jusqu'à un jardin à la française fort bien entretenu.

Ce vendredi en début de soirée, quarante-huit heures après sa conversation avec Poirot, sir Claud, plongé dans un abîme de réflexions, s'était retranché dans son cabinet de travail. C'était une pièce du rez-de-chaussée, de dimensions modestes mais confortablement meublée, à laquelle on n'avait accès que par une porte de la bibliothèque, elle-même beaucoup plus vaste. Sir Claud aimait cette disposition car elle lui permettait de travailler retiré, sans être dérangé pendant la journée, les membres de la famille ayant été clairement instruits d'éviter ce secteur et de se tenir dans l'autre aile de la maison. Ce n'est que le soir, une fois sortis de table, que tous, sir Claud compris, avaient l'habitude de se réunir dans la bibliothèque pour le café et les verres d'après dîner.

La disposition de son bureau permettait à sir Claud, lorsqu'il s'y asseyait, de faire face à la porte cependant que, derrière lui, une fenêtre donnait vue sur le jardin que l'éminent scientifique ne prenait que très rarement le temps de contempler. Au-dehors, le jour commençait à décliner. Le majordome de sir Claud, Tredwell, avait fait sonner la cloche du dîner deux ou trois minutes plus tôt et, de l'autre côté de la maison, la famille se rassemblait dans la salle à manger.

Sir Claud tambourina de ses doigts sur son bureau, geste habituel lorsque force lui était de prendre une décision rapide. Cinquante-cinq ans environ, de taille et de corpulence moyennes, il avait des cheveux grisonnants peignés en arrière à partir d'un front haut et des yeux perçants d'un bleu froid. Il affichait à cet instant une expression dans laquelle l'anxiété le disputait à la perplexité.

On toqua discrètement à la porte et Tredwell, auguste vieillard long comme un jour sans pain et à la mine lugubre mais aux manières d'une impeccable correction, apparut sur le seuil.

— Soyez assez bon pour m'excuser, sir Claud. Je pensais que, peut-être, vous n'aviez pas entendu le gong...

— Si, si, Tredwell, je l'ai entendu. Dites, je vous prie, à tout le monde que j'arrive dans les plus brefs délais. Que je suis retenu au téléphone. Je m'apprête d'ailleurs à donner un coup de fil rapide. Vous feriez aussi bien de commencer à servir.

Le majordome se retira en silence tandis que sir Claud, prenant une profonde inspiration, attirait le téléphone à lui. Il sortit un petit carnet d'adresses d'un tiroir de son bureau, le consulta brièvement puis décrocha le combiné. Il écouta un moment avant de parler :

— Ici le 304 à Market Cleve. Je voudrais que vous me passiez un numéro à Londres.

Il indiqua le numéro en question, puis se laissa aller contre le dossier de son siège. Les doigts de sa main droite recommencèrent à tambouriner nerveusement devant lui.

*

Quelques minutes plus tard, sir Claud Amory quitta son cabinet de travail, traversa la bibliothèque en direction du hall et rejoignit les autres dans la salle à manger de l'aile ouest de la maison. Il prit sa place au haut bout de la table autour de laquelle le reste des membres de la famille étaient déjà installés. À la droite de sir Claud se trouvait sa nièce, Barbara Amory, elle-même assise à côté de son cousin Richard, le fils unique de sir Claud. À droite de Richard venait leur invité du dîner, un médecin italien du nom de Carelli. À la droite du médecin, à l'opposé de sir Claud, était assise la sœur de ce dernier, Caroline Amory. Vieille fille d'une soixantaine d'années, c'était elle qui tenait la maison de son frère, l'épouse de sir Claud étant décédée quelques années auparavant. À droite de miss Amory venaient Edward Raynor, le secrétaire particulier de sir Claud, puis Lucia, la femme de Richard Amory, à côté du maître de maison.

Le dîner n'avait en l'occurrence rien de joyeux ni même de détendu. Miss Caroline Amory, digne représentante de la vieille école aux manières quelque peu affectées, tenta à plusieurs reprises d'échanger de menus propos avec le Dr Carelli qui se borna à lui répondre avec courtoisie sans pour autant relancer la conversation. Quand miss Amory se tourna à un moment donné vers Edward Raynor pour lui faire une remarque, ce jeune homme, d'ordinaire civil et affable, eut un sursaut nerveux, marmonna une excuse et parut embarrassé. Sir Claud, toujours assez taciturne pendant les repas, semblait l'être encore un peu plus que de coutume. Son fils, Richard Amory, jetait de temps à autre à travers la table des regards inquiets à sa femme, Lucia. Seule la jeune Barbara Amory paraissait de bonne humeur et bavardait de façon sporadique avec sa tante.

— Ma parole, tante Caroline, cette sole est rudement bonne ! s'exclama-t-elle en attaquant son assiette avec ardeur. Je suis bien contente que vous alliez chez le nouveau poissonnier du village. Il est tellement mieux que le vieux Hobbs.

Sa tante marmonna une réponse appropriée.

Alors que le majordome servait le dessert, une salade de fruits, sir Claud s'adressa soudain à lui suffisamment fort pour que toute la tablée entende :

— Tredwell, voudriez-vous téléphoner au garage Jackson de Market Cleve pour leur demander d'envoyer une voiture avec chauffeur à la gare pour le 20 h 50 de Londres ? Deux messieurs qui viennent nous rendre visite après le dîner descendront de ce train.

— Très bien, sir Claud, répondit Tredwell en se retirant.

Quand le majordome eut refermé la porte

derrière lui, Richard fut le premier à reprendre la parole :

— Quels messieurs, père ? Vous attendez quelqu'un après dîner ? Des gens de Londres ?

Le maître de maison leva une main pour réclamer le silence.

— Vous allez tous le savoir très bientôt. J'ai une annonce à faire dans la bibliothèque quand nous aurons fini notre repas. D'ici là, je n'aurai rien à ajouter.

Sir Claud avait à peine achevé ces mots que Lucia Amory se leva de table en bredouillant une excuse et se précipita hors de la salle. Elle traversa le hall à la hâte et obliqua en direction de la bibliothèque. C'était une pièce plus confortable qu'élégante qui servait également de salon à la famille. Une porte-fenêtre ouvrait sur une terrasse en façade qui surplombait une partie du jardin, tandis qu'au fond une porte menait au cabinet de travail de sir Claud. Sur le manteau d'une vaste cheminée, à gauche de la porte du cabinet de travail, étaient disposés une pendule ancienne, quelques bibelots ainsi qu'un vase rempli de longs tortillons de papier épais à usage d'allume-feu. À droite de la pièce quand on venait du hall, se trouvait une autre porte donnant directement accès au reste de la maison, le vestibule de l'entrée et l'escalier qui montait aux chambres du premier étage et au quartier des domestiques au-dessus.

Le mobilier de la bibliothèque se composait, juste à gauche de la porte en entrant, d'une table-bureau sur le plateau de laquelle était placé un téléphone, d'une haute étagère abondamment garnie de livres à droite de la porte-fenêtre, d'une petite table avec un phonographe et des disques, d'un canapé flanqué d'une table basse. Une chaise droite et un confortable fauteuil étaient positionnés de part et d'autre d'une table ronde au centre de la pièce cependant que sur une autre table appuyée au mur, se dressait une plante d'intérieur dans un pot en cuivre. Le mobilier dans son ensemble était traditionnel, mais pas suffisamment ancien ou raffiné pour être admiré comme antiquité.

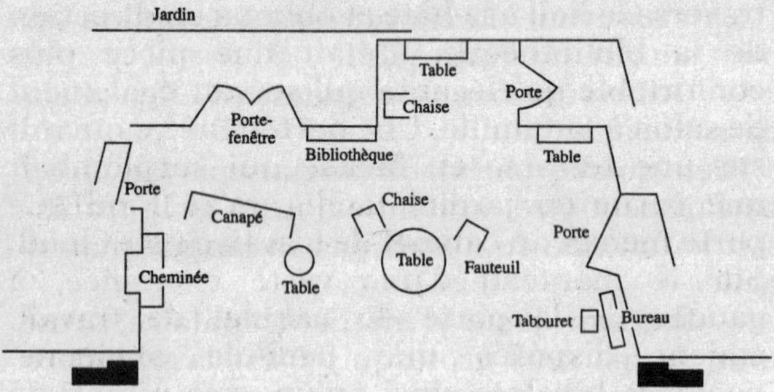

Lucia Amory, jolie jeune femme de 25 ans à la luxuriante chevelure brune qui lui cascadait sur les épaules mais dont les yeux de braise reflétaient en cet instant une émotion contenue difficile à définir, hésitait au milieu de la pièce. Puis elle se dirigea vers la porte-fenêtre, écarta légèrement les rideaux et regarda dans la nuit. Émettant un soupir à peine audible, elle appuya le front contre la vitre fraîche et resta perdue dans ses pensées.

La voix de miss Amory se fit entendre dans le hall :

— Lucia, Lucia, où êtes-vous ?

Un instant plus tard, miss Amory entra dans la bibliothèque. Elle s'approcha de Lucia, prit la jeune femme par le bras et l'entraîna vers le canapé dont elle lui indiqua un angle.

— Allons, ma chère petite. Allons, asseyez-vous là.

Elle l'étudia un moment avec attention avant de livrer son diagnostic :

— Vous vous sentirez beaucoup mieux dans une minute ou deux.

En s'asseyant, Lucia adressa à Caroline un petit sourire de gratitude.

— Oui, sûrement, acquiesça-t-elle. Cela passe déjà, en fait.

Bien qu'elle parlât un anglais parfait, trop parfait peut-être, une inflexion çà et là trahissait le fait que ce n'était pas sa langue maternelle.

— Il s'agit juste d'un petit malaise, c'est tout. Je me sens grotesque. C'est la première fois que cela m'arrive, je ne comprends pas ce qui m'a pris. Je vous en supplie, tante Caroline, retournez auprès des autres. Je me débrouillerai très bien ici toute seule.

Tandis que Caroline Amory continuait à la regarder avec sollicitude, Lucia sortit un mouchoir de son sac, se tamponna les yeux, rangea le mouchoir dans son sac et sourit de nouveau.

— Ça va aller très bien, répéta-t-elle, je vous assure. Ça va aller très bien.

Miss Amory n'en parut pas le moins du monde convaincue.

— Vous n'avez pas eu l'air dans votre assiette de toute la soirée, vous savez, ma chère petite, souligna-t-elle en l'observant derechef d'un œil anxieux.

— Non ?

— Vraiment pas.

Elle s'assit à côté de Lucia sur le canapé.

— Peut-être avez-vous pris un léger coup de froid. Nos étés anglais sont parfois traîtres. Rien à voir avec le chaud soleil italien auquel vous êtes davantage habituée. Quel délicieux pays que l'Italie !

— L'Italie, murmura Lucia d'un air lointain en posant son sac à côté d'elle sur le canapé. L'Italie...

— Je sais, mon enfant. Votre pays vous manque, vous êtes triste. Quel affreux contraste cela doit faire... le climat, d'abord, les coutumes différentes. Avec cela que nous devons vous paraître tellement glacials, nous autres. Alors que les Italiens, bien sûr...

— Non, pas du tout. L'Italie ne me manque jamais ! s'écria Lucia avec une véhémence qui surprit miss Amory. Jamais !

— Allons, mon enfant, il n'y a pas de honte à ressentir un peu le mal du pays quand...

— Jamais ! répéta Lucia. Je hais l'Italie. Je l'ai toujours détestée. C'est le paradis pour moi d'être ici en Angleterre parmi vous tous, qui êtes si gentils. Le paradis !

— C'est extrêmement aimable à vous d'affirmer cela, ma chérie, la complimenta Caroline Amory, même si vous ne le dites que par politesse. Il est vrai que nous essayons tous de vous rendre heureuse et de faire en sorte que vous vous sentiez ici chez vous. Il ne serait pourtant que trop naturel que vous ayez parfois la nostalgie de l'Italie... Et puis n'avoir pas de mère...

— Je vous en supplie, je vous en conjure..., l'interrompit Lucia, ne me parlez pas de ma mère.

— Non, bien sûr, si vous préférez que j'évite le sujet. Loin de moi l'idée d'avoir voulu vous peiner. (Seigneur Dieu, songea-t-elle, ces étrangers !) Voulez-vous que j'aille vous chercher des sels ? J'en ai dans ma chambre.

— Non, merci beaucoup, répondit Lucia. Je me sens maintenant très bien, je vous assure.

— Ce serait très volontiers, vous savez, insista Caroline Amory. J'ai de merveilleux sels, exquisement roses et dans le plus charmant des flacons. Et d'une totale efficacité. Du sel ammoniac, je crois bien. Ou ne s'agirait-il pas plutôt d'esprit de sel ? Je ne me rappelle jamais lequel est quoi. Enfin bref, pas celui avec lequel on récure la baignoire.

Lucia esquissa un sourire mais ne répondit pas. Miss Amory s'était levée, sans trop savoir apparemment si elle devait ou non aller chercher les sels. Indécise, elle se dirigea vers l'arrière du canapé et se mit à réarranger les coussins.

— Oui, vous avez dû prendre un coup de froid, poursuivit-elle. Vous étiez resplendissante de santé, ce matin. À moins que ce ne soit l'émotion de revoir cet ami italien à vous, le Dr Carelli ? Son arrivée a été si soudaine et inattendue que cela a dû vous causer un choc.

Inaperçu de miss Amory, le mari de Lucia,

Richard Amory, était entré dans la bibliothèque pendant qu'elle parlait. Les paroles de la vieille demoiselle semblaient avoir bouleversé Lucia qui se laissa aller en arrière sur le canapé, frissonnante et les paupières closes.

— Mon Dieu, que vous arrive-t-il encore ? s'inquiéta miss Amory. Vous trouveriez-vous mal à nouveau ?

Richard ferma la porte et s'approcha des deux femmes. Bel Anglais classique d'une trentaine d'années aux cheveux blond roux, il était de taille moyenne, assez trapu et musclé.

— Allez donc finir de dîner, tante Caroline, conseilla-t-il à miss Amory. Ne vous inquiétez pas pour Lucia, je vais m'occuper d'elle.

Miss Amory hésitait toujours.

— Ah ! vous êtes là, Richard. Oui, je devrais peut-être retourner là-bas, acquiesça-t-elle comme à regret en faisant un ou deux pas incertains vers la porte du hall. Vous savez combien votre père déteste les dérèglements de quelque ordre que ce soit. Surtout avec un invité à la maison. Ce n'est pas comme si c'était un intime de la famille...

Elle se retourna vers Lucia :

— J'étais justement en train de souligner, n'est-il pas vrai, ma chère enfant, comme je trouvais extraordinaire le hasard qui a fait que le Dr Carelli surgisse ainsi alors qu'il ignorait tout de votre présence dans ce trou de campagne perdue. Vous vous êtes trouvée nez à nez avec lui au village et vous l'avez invité à venir prendre le thé cet après-midi. Cela a dû être une surprise de taille, j'imagine ?

— Plutôt, oui, acquiesça mollement Lucia.

— Le monde est vraiment petit, poursuivit miss Amory, c'est ce que je dis toujours. Votre ami est fort bel homme, Lucia.

— Vous trouvez ?

— Dans un style étranger, bien sûr, concéda-t-elle, mais indubitablement bel homme. Et il parle un anglais parfait.

— Oui, peut-être bien.

Miss Amory ne semblait pas décidée à changer de conversation.

— Vous n'aviez réellement pas idée qu'il villégiaturait dans la région ?

— Pas la moindre, répondit Lucia, catégorique.

Richard n'avait pas quitté sa femme des yeux. Et il sembla soudain recouvrer la parole.

— Quelle divine surprise cela a donc dû être pour toi, Lucia, fit-il d'un ton sourd.

Celle-ci leva un bref regard sur lui mais ne répondit pas.

Miss Amory s'épanouit.

— Je l'imagine sans peine ! Vous le connaissiez bien, en Italie, ma chère enfant ? C'était un grand ami à vous ? Je présume qu'il ne pourrait en avoir été autrement.

Une âpreté soudaine transparut dans la voix de Lucia.

— Nous n'avons jamais été amis, grinça-t-elle.

— Ah ! je vois. Juste une connaissance. Une relation. Cela ne l'a pas empêché d'accepter mon invitation à dîner sans trop s'embarrasser de précautions oratoires. Je les trouve souvent un peu sans-gêne, tous ces étrangers. Oh ! je ne vous incluais bien entendu pas dans le lot, ma chérie...

Miss Amory eut la délicatesse de s'interrompre, le rose aux joues, avant de reprendre :

— Parce que vous êtes à moitié anglaise, de toute façon. Et même totalement depuis peu, n'est-ce pas, Richard ? ajouta-t-elle avec un coup d'œil malicieux en direction de son neveu.

Celui-ci ne répondit pas à l'humour discret de sa tante. Au lieu de cela, il se dirigea vers la porte et l'ouvrit comme une invitation à miss Amory de rejoindre les autres.

— Bon, conclut-elle en se dirigeant à contrecœur vers la sortie, si vous êtes tous deux sûrs que je ne peux rien faire de plus...

— Non, rien.

Le ton de Richard, tandis qu'il tenait ouverte la porte pour sa tante, avait été aussi abrupt que ses paroles. Avec un geste vague et un dernier sourire crispé à Lucia, miss Amory quitta la pièce.

Richard poussa un soupir de soulagement en refermant derrière elle puis revint vers sa femme.

— Et pia, pia, pia ! et que je te cause, et que je te tienne le crachoir et que je te bassine ! maugréa-t-il. Je pensais qu'elle n'allait jamais partir.

— Elle essayait seulement d'être gentille.

— Je n'en doute pas un instant, mais elle essaie bougrement trop à mon goût.

— Je crois qu'elle m'aime beaucoup, murmura Lucia.

— Hein ? Euh, oui, bien sûr, lâcha Richard, l'esprit ailleurs.

Immobile, il observait attentivement sa femme. Pendant quelques instants, il y eut un silence gêné. Puis il s'approcha d'elle, sans un instant la quitter du regard.

— Tu es sûre que tu n'as besoin de rien ? Il n'est rien que je puisse t'apporter ? Je ne sais pas, moi...

Lucia leva les yeux sur lui en s'arrachant un sourire.

— Certaine, merci, Richard. Retourne à la salle à manger. Je t'assure que je me sens tout à fait bien, maintenant.

— Non, trancha son mari. Je reste ici avec toi.

— Mais je préférerais être seule.

Il y eut un silence. Puis Richard reprit la parole en passant derrière le canapé :

— Les coussins, ça va ? Tu n'en veux pas un autre sous ta tête ?

— J'ai tout ce qu'il me faut, comme ça, se défendit Lucia. Sauf peut-être un peu d'air frais, à la rigueur. Pourrais-tu ouvrir ?

Richard se dirigea vers la porte-fenêtre et s'escrima sur le loquet.

— Ah, zut ! s'exclama-t-il. Le paternel a mis un de ces fichus loquets de sécurité de son invention. On ne peut pas ouvrir sans la clé.

Lucia haussa les épaules.

— Bah ! tant pis, murmura-t-elle. Ça ne fait rien.

Richard revint au centre de la pièce et s'assit sur une chaise à côté de la table ronde. Il se pencha en avant, coudes appuyés sur les cuisses :

— Quel phénomène, le paternel ! Il faut toujours qu'il invente un truc quelconque.

— Oui, répondit Lucia. Il doit avoir gagné un argent fou, avec ses découvertes.

— Des masses, confirma Richard d'un air sombre. Mais ce n'est pas l'argent qui l'intéresse. Tous les mêmes, ces satanés scientifiques. Toujours à courir après des idées fumeuses et à concocter des inventions pas possibles qui ne servent strictement à rien pour personne d'autre qu'eux-mêmes. Bombarder l'atome, je te demande un peu !

— N'empêche que c'est un grand homme.

— Sans doute un des plus éminents savants de notre époque, admit Richard d'un air maussade. C'est du moins ce que tout le monde prétend. Mais il n'y a que son avis à lui qui compte.

Il s'exprimait avec de plus en plus d'irritation :

— Et puis il m'a vraiment joué un tour de cochon.

— Je sais, acquiesça Lucia. Il te garde enchaîné à cette maison presque comme si tu étais prisonnier. Pourquoi t'a-t-il fait abandonner ta carrière dans l'armée et revenir habiter ici ?

— Je crois qu'il s'est imaginé que je pourrais l'aider dans ses recherches. Il aurait pourtant dû savoir que je ne lui serais d'aucune utilité dans ce domaine. Je ne possède en rien les capacités requises. Raynor, lui, a au moins fait quelques études scientifiques. C'est plus qu'un secrétaire. Il est à même de le seconder dans ses expériences.

Richard se rapprocha un peu de sa femme avec sa chaise et se pencha de nouveau en avant.

— Bon sang, Lucia, ça me désespère, parfois. De voir mon père rouler sur l'or et consacrer jusqu'au dernier sou à ses maudites expériences. Il pourrait quand même me laisser profiter un peu de ce qui me reviendra de toute manière un jour et m'autoriser à partir de cette maison pendant que je suis encore assez jeune pour faire quelque chose d'autre de mon existence.

Lucia se redressa brusquement.

— L'argent ! s'écria-t-elle avec amertume. Tout revient toujours à ça. L'argent !

— Je suis comme une mouche prise dans une toile d'araignée, poursuivit Richard. Englué. Incapable de faire un geste. Complètement réduit à l'impuissance.

Lucia le considéra avec une impatience implorante.

— Oh ! Richard, s'écria-t-elle, et moi donc ! Ne le comprends-tu pas ?

Son mari la considéra avec inquiétude. Il allait répondre lorsqu'elle répéta :

— Et moi, donc ! Moi aussi, je suis prise au piège, moi aussi, je suis réduite à l'impuissance. Et pourtant je veux m'en aller. Je n'y tiens plus.

Elle se leva soudain et s'avança vers lui.

— Richard, je t'en supplie, fit-elle avec agitation, emmène-moi avant qu'il ne soit trop tard !

— T'emmener ? demanda-t-il d'une voix atone et désespérée. T'emmener où, grands dieux ?

— Ailleurs ! Où tu voudras ! s'exclama-t-elle, de plus en plus nerveuse. N'importe où ! Mais loin de cette maison ! C'est cela qui importe : loin de cette maison ! J'ai peur, Richard ! Je te le dis, j'ai peur. Il y a des ombres...

Elle regarda par-dessus son épaule comme si elle pouvait les voir.

— Des ombres partout.

Richard ne bougea pas de son siège.

— Comment peut-on s'en aller sans argent ? l'interrogea-t-il.

Il leva les yeux sur elle et poursuivit, amer :

— Un homme sans argent n'est pas très utile à une femme, hein, Lucia ? Pas vrai ?

Elle eut un mouvement de recul.

— Pourquoi dis-tu ça, Richard ? Que signifie cette remarque ?

Il continua à la regarder en silence, le visage tendu et pourtant curieusement inexpressif.

— Qu'est-ce que tu as, ce soir ? lui demanda-t-elle. Tu n'es pas comme d'habitude...

Il se leva de sa chaise.

— Moi ?

— Oui, qu'est-ce qu'il y a qui ne va pas ?

— Eh bien..., commença-t-il.

Mais il s'interrompit et marqua un temps avant de reprendre :

— Rien. Vraiment rien. Non, il n'y a rien.

Il voulut se détourner mais Lucia le retint et lui posa les mains sur les épaules.

— Richard, mon chéri...

Il se dégagea et la dévisagea d'un œil inquisiteur.

— Richard, articula-t-elle de nouveau avec une note implorante dans la voix.

Le regard dur, il mit ses mains derrière son dos.

— Tu me prends pour un imbécile ? gronda-t-il. Tu crois peut-être que je n'ai pas vu ton vieil ami te glisser un billet dans la main ?

Il avait appuyé sur les mots « vieil ami ».

— Tu veux dire que tu as cru...

Richard interrompit brutalement sa femme :

— Pourquoi es-tu sortie de table ? Tu n'étais pas prise d'un malaise subit. Ce n'était qu'un prétexte. Tu voulais être seule pour lire ton précieux billet. Tu ne pouvais pas attendre. Et depuis cinq minutes tu es folle d'impatience parce que tu ne parviens pas à te débarrasser de nous. D'abord de tante Caroline qui s'inquiétait pour toi, et maintenant de moi.

Tout en trahissant l'intensité de sa douleur, ses yeux trahissaient une colère froide.

— Richard, s'écria-t-elle, tu es fou. C'est absurde, voyons ! Tu n'imagines tout de même pas que j'éprouve un penchant pour Carelli ? Dis-moi que ce n'est pas vrai ! Dis-le-moi ! Richard, mon chéri... il n'y a que toi. Tu es le seul être au monde qui compte et qui comptera jamais pour moi. Je t'aime. Il faut que tu le saches.

Richard gardait les yeux rivés sur elle.

— Qu'y a-t-il sur ce billet ? demanda-t-il sans hausser le ton.

— Rien... rien du tout.

— Puisque c'est comme ça, montre-le-moi.

— Je... je ne peux pas.

La voix de Lucia n'était plus qu'un murmure :

— Je l'ai détruit.

Un sourire glacial effleura les lèvres de Richard pour s'effacer aussitôt.

— Non, ce n'est pas vrai. Montre-le-moi, insista-t-il.

Lucia resta un moment silencieuse. Et elle jeta à son mari un regard suppliant.

— Richard, implora-t-elle enfin dans un souffle, tu ne me fais pas confiance ?

— Je pourrais te le prendre de force, grommela-t-il entre ses dents serrées en faisant un pas vers elle, et j'ai bien envie de...

Elle se recula avec un petit cri, les yeux toujours fixés sur le visage de son mari comme pour le convaincre de la croire.

Soudain, il se détourna.

— Non, marmonna-t-il comme pour lui-même. Il y a des choses qu'on ne peut pas faire.

Il fit de nouveau face à sa femme.

— Mais, sacré nom, je vais tirer ça au clair avec Carelli.

Lucia le saisit par le bras dans un transport de désespoir :

— Non, Richard, il ne faut pas. Ne fais pas ça, je t'en supplie. S'il te plaît.

— Tu as peur pour ton amant, hein ? ricana-t-il.

— Ne sois pas ridicule. Ce n'est pas mon amant, répliqua-t-elle âprement.

Il la saisit par les épaules.

— Peut-être ne l'est-il... pas encore, dit-il. Peut-être est-ce seulement ce soir qu'il va...

Au son de voix qui approchaient dans le hall, Richard s'arrêta de parler. Faisant un effort surhumain pour se contrôler, il se dirigea vers la cheminée, sortit son étui à cigarettes et son briquet, et en alluma une. Au moment où la porte s'ouvrait et où les voix se faisaient plus présentes, Lucia se dirigea vers la chaise que Richard avait quittée. Le visage blême, les mains crispées l'une contre l'autre, l'air affreusement malheureuse, elle s'y effondra.

Miss Amory entra dans la bibliothèque, accompagnée de sa nièce Barbara.

Barbara Amory était une jolie blonde de 21 printemps d'allure moderne et délurée. Balançant gaiement son sac à main, elle se dirigea à grands pas vers Lucia.

— Alors, ma choute chérie ? Ça va mieux ? s'enquit-elle sur un ton de joviale sollicitude.

3

Lucia s'efforça de sourire tandis que Barbara Amory approchait.

— Oui, merci, ma chérie. Je me sens tout à fait bien. Vraiment.

Barbara considéra la jolie épouse brune de son cousin Richard.

— Tu n'aurais pas annoncé un heureux événement à ton mari, par hasard ? demanda-t-elle, espiègle. Ce ne serait pas ça qui t'aurait mise dans tous tes états ?

— Un heureux événement ? Quel heureux événement ? Je ne comprends pas, fit Lucia, ahurie.

Barbara croisa ses bras et les balança doucement comme si elle berçait un nouveau-né. La réponse de Lucia à ce mime fut un sourire triste et un secouement de tête.

La digne miss Amory ne s'en laissa pas moins choir dans un fauteuil, manifestement choquée.

— Quand même, Barbara ! réprimanda-t-elle sa nièce. Comment peux-tu proférer de telles insanités !

— Les accidents, ma tante, ça arrive, vous savez, répondit Barbara sans le moindre repentir. Lucia et Richard auraient très bien pu faire par mégarde un enfant qui n'aurait pas été soigneusement programmé à l'avance.

Sa tante secoua la tête.

— Je me demande jusqu'où iront les filles de la nouvelle génération, déplora-t-elle sans s'adresser à quiconque en particulier. Quand j'étais jeune fille, on se serait gardé d'évoquer la maternité de façon aussi cavalière, et je n'aurais jamais permis...

Elle s'interrompit au bruit de la porte qui s'ouvrait et se tourna juste à temps pour voir Richard quitter la pièce.

— Voilà ! Tu as mis Richard au comble de l'embarras, reprocha-t-elle à Barbara. Ce qui ne m'étonne d'ailleurs en rien.

— Ça va de soi, tante Caroline, rétorqua Barbara. Vous, vous êtes après tout une vraie

Victorienne, née quand la vieille Reine en avait encore pour une bonne vingtaine d'années à jouer les éteignoirs. Vous êtes tout à fait représentative de votre génération comme je crois l'être de la mienne.

— Eh bien je ne ferais pas l'échange..., commença la tante sur un ton aigre, tout de suite interrompue par un gloussement de rire de Barbara.

— Vous, les Victoriens, vous étiez vraiment merveilleux. Raconter aux enfants que les bébés naissent dans les choux en France et dans les groseilliers à maquereau en Angleterre ! Je trouve ça adorable. Je regrette souvent qu'on ne puisse pas revenir à cette bonne vieille époque. Mais les temps changent, tante Caroline. Vous ne pouvez pas arrêter le progrès, ni vouloir tenir les jeunes gens de maintenant dans l'ignorance des réalités de l'existence.

Barbara fouilla dans son sac, trouva une cigarette et un briquet, l'alluma. Elle allait recommencer à parler lorsque l'auguste miss Amory l'arrêta d'un geste :

— Ah ! assez de sornettes, Barbara. Je m'inquiète beaucoup pour cette pauvre enfant et j'apprécierais que tu ne te moques pas de moi.

Lucia éclata soudain en sanglots. Essuyant les larmes qui ruisselaient sur son visage, elle haleta entre deux hoquets :

— Vous êtes tous tellement bons avec moi... Avant que je n'arrive ici, avant mon mariage avec Richard... personne ne s'était jamais montré aussi gentil... Ç'a été merveilleux d'être parmi vous... C'est plus fort que moi, je...

— Allons, allons, fit doucement miss Amory.

Elle se leva pour s'approcher de Lucia et lui tapota l'épaule.

— Voyons, ma chérie, je comprends très bien... toute votre vie à l'étranger... ce n'est pas l'idéal pour une jeune fille... pour être élevée... d'autant que les continentaux ont des idées très spéciales sur l'éducation. Allons, allons...

Barbara les considéra toutes deux d'un air passablement excédé.

— Tu ne devrais pas te montrer aussi émotive, ma petite Lucia, lui fit-elle observer en se détournant.

Lucia se leva et jeta un regard hésitant autour de la pièce. Elle se laissa amener par Caroline Amory jusqu'au canapé et s'assit à une extrémité cependant que miss Amory réarrangeait les coussins pour s'installer à côté d'elle.

— Vous êtes bouleversée, c'est normal, lui dit-elle, mais il faut vraiment essayer d'oublier l'Italie. Bien sûr, vos délicieux lacs italiens sont exquis au printemps, je le dis toujours — le rêve pour les vacances ! — mais on n'y vivrait pas toute l'année. Voyons, voyons, ne pleurez pas, ma chère petite.

— Je crois que ce qu'il lui faut, ce n'est pas un cours sur les lacs italiens mais un bon verre bien tassé, suggéra Barbara en s'asseyant sur le bord de la table et en observant le visage de Lucia d'un œil scrutateur mais non dénué de sympathie. Vous savez, la vie est sinistre, dans cette maison, tante Caroline. On a des années de retard sur notre temps. Pas l'ombre d'un cocktail, jamais. Sherry ou whisky avant dîner, brandy après, point final. Richard ne sait pas faire un manhattan buvable, et essayez un peu de demander un whisky sour à Edward Raynor, rien que pour voir. Alors qu'un Moustaches de Satan la remettrait d'aplomb en un rien de temps.

Miss Amory tourna un regard scandalisé vers sa nièce.

— Un Moustaches de Satan ? Qu'est-ce encore que cela ? s'enquit-elle, horrifiée.

— Un truc tout bête quand on a les ingrédients, répondit Barbara. Deux doigts de brandy, idem de crème de menthe, sans toutefois oublier — très important — une tombée de piment. C'est du tonnerre de Zeus et, pour ce qui est du coup de fouet, le résultat est garanti.

— Barbara, tu sais combien je désapprouve ces stimulants alcoolisés ! se récria miss Amory avec un frisson. Mon pauvre père disait toujours...

— Ce qu'il *disait*, ça, je l'ignore, l'interrompit Barbara, mais tout le monde dans la famille sait que mon cher grand-oncle Algernon avait la réputation d'être rudement porté sur la bouteille.

Miss Amory parut d'abord sur le point d'exploser, puis un petit sourire hésitant tremblota sur ses lèvres.

— Il est vrai que les messieurs ont droit à certaines dérogations, se borna-t-elle à répondre.

Barbara ne l'entendit pas de cette oreille :

— Dérogations mon œil ! Je ne vois pas

pourquoi on leur permettrait ce qu'on m'interdit à moi. Le drame, c'est qu'on leur passait tout, à l'époque.

Elle sortit de son sac un petit miroir, une houppette et du rouge à lèvres.

— Voyons, de quoi ai-je l'air ? se demanda-t-elle à elle-même. Seigneur !

Avec une comique expression d'horreur, elle commença à s'appliquer du rouge avec vigueur.

— Vraiment, Barbara, se lamenta sa tante, j'apprécierais que tu n'étales pas autant de ce produit écarlate sur tes lèvres. C'est tellement voyant, cette couleur !

— Il ne manquerait plus que ça ne le soit pas ! bondit Barbara qui s'affairait toujours sur son maquillage. Cette fantaisie m'a quand même coûté sept shillings et six pence.

— Sept shillings et six pence ! Quel scandaleux gaspillage d'argent, rien que pour... pour... pour...

— Pour du « Rouge Baiser », tante Caroline.

— Je te demande pardon ?

— Le rouge. Il s'appelle « Baiser ». Il ne bave pas, il ne dégouline pas, il ne déteint pas sur la joue du voisin.

Miss Amory eut un reniflement réprobateur.

— Je sais, cela va sans dire, que les lèvres ont tendance à gercer lorsque l'on se voit contraint de sortir par grand vent, et qu'il est alors recommandé de les graisser un peu. Avec de la lanoline, par exemple. Moi, j'utilise toujours...

Barbara l'interrompit :

— Ma chère tante Caroline, croyez-moi car

j'en sais long sur la question, une fille ne met jamais trop de rouge à lèvres. Pour la bonne raison qu'elle ne sait pas quelle quantité elle va en perdre dans le taxi qui la ramène chez elle.

Sur ces paroles définitives, elle replaça le miroir, la houppette et le bâton de rouge dans son sac à main.

Miss Amory était restée manifestement interdite.

— Que veux-tu dire par... par « dans le taxi qui la ramène chez elle » ? Je me perds en conjectures.

Barbara se leva, passa derrière le canapé et se pencha vers Lucia.

— Peu importe, ma pauvre tante. Lucia comprend. N'est-ce pas, ma chérie ? fit-elle en lui effleurant du doigt le menton.

Celle-ci regarda autour d'elle, ahurie.

— Je suis désolée, je n'écoutais pas, avoua-t-elle à Barbara. Qu'est-ce que tu disais ?

S'intéressant de nouveau à Lucia, Caroline Amory revint sur le sujet de la santé de la jeune femme.

— Vous savez, ma chère enfant, je suis très inquiète en ce qui vous concerne.

Son regard passa de Lucia à Barbara.

— Si elle ne se sent pas bien, il faut lui faire prendre quelque chose, Barbara. Voyons, que pourrait-on lui donner ? Ce qui serait souverain, bien sûr, c'est lui faire respirer des sels. Hélas, il me revient tout juste que, plus maladroite que jamais, Ellen, ma petite femme de chambre, a brisé mon flacon ce matin en faisant la poussière sur ma coiffeuse.

Plissant les lèvres, Barbara réfléchit un moment.

— Je sais ! s'écria-t-elle soudain. Les fournitures d'hôpital !

— Les fournitures d'hôpital ? Qu'entends-tu par là ? Quelles fournitures et de quel hôpital ? piaula miss Amory.

Barbara vint s'asseoir sur une chaise à côté de sa tante.

— Vous vous rappelez les affaires d'Edna ?

Le visage de miss Amory s'éclaira.

— Ah ! mais où donc avais-je la tête ?

Elle se tourna vers Lucia pour lui fournir les explications nécessaires.

— J'aurais aimé que vous rencontriez Edna, l'aînée de mes nièces, la sœur de Barbara. Elle est partie pour l'Inde avec son mari — oh ! peut-être six mois avant votre arrivée ici avec Richard. Une jeune femme extraordinairement compétente.

— Compétente comme pas deux, confirma Barbara avec un sourire en coin. Elle a fait des jumeaux. Et comme ça se passait en Inde, où j'imagine qu'il n'y a ni choux ni groseilliers à maquereau, elle a dû les dénicher dans un double lotus.

Miss Amory ne put s'empêcher de sourire.

— Tais-toi, Barbara, fit-elle pour la forme.

Puis elle se retourna vers Lucia et poursuivit :

— Comme je vous le disais — mais vous le disais-je bien, au fait ? — Edna a reçu une formation de pharmacienne pendant la guerre. Elle a travaillé dans notre hôpital, ici. Nous avions transformé la mairie en centre de soins, au cours des hostilités. À l'issue des conflits, elle a continué plusieurs années à œuvrer comme pharmacienne à l'hôpital du comté — jusqu'à son mariage, en réalité. Elle était imbattable sur le chapitre des potions, pilules et sirops. Elle l'est sans doute encore. Ces connaissances doivent lui être précieuses en Inde. Mais je m'égare... où en étais-je ? Ah ! oui : quand elle est partie, qu'avons-nous fait de toutes ses fioles ?

— Je me rappelle très bien, affirma Barbara. Il y a des années, tout un lot de vieux médicaments provenant de la trousse d'Edna ont été rangés dans une boîte. On devait les trier et les envoyer aux hôpitaux, mais tout le monde a oublié — ou du moins, personne n'a rien fait. On les a montés au grenier et ils n'ont réapparu que quand Edna a fait ses valises pour partir. Ils sont en haut de cette bibliothèque, là.

Elle fit un geste en direction du meuble.

— Et ils n'ont toujours pas été inventoriés et triés.

Elle se leva et traversa la pièce en emportant sa chaise. Elle la plaça devant la bibliothèque, grimpa dessus, leva le bras et s'empara d'une boîte en fer-blanc.

Sans prêter attention au « Ce n'est pas la peine, ma chérie, je t'assure que je n'ai besoin de rien » murmuré par Lucia, elle vint poser la boîte sur la table.

— Bon, fit-elle, autant jeter un coup d'œil sur tout ça, maintenant qu'on l'a descendu.

Elle ôta le couvercle.

— Mon Dieu, quel fourbi ! Il y en a pour

tous les goûts, là-dedans. De la teinture d'iode, du baume de benjoin, un truc qui s'appelle *Teint. Card. Co.*, de l'huile de ricin...

Elle fit une grimace avant de reprendre son inventaire.

— Ah ! nous en arrivons aux choses sérieuses, annonça-t-elle en sortant de petits tubes de verre marron dont elle lut les étiquettes. Atropine, morphine, strychnine. Méfiez-vous, tante Caroline. Si vous me faites tourner en bourrique, j'empoisonnerai votre café à la strychnine et vous mourrez dans les plus affreuses souffrances.

Elle mima un geste de menace en direction de sa tante qui, avec une exclamation indignée, lui fit signe de s'éloigner.

— En tout cas, il n'y a rien là qu'on puisse donner à Lucia comme remontant, c'est certain, s'esclaffa la jeune fille en commençant à remettre flacons et fioles dans la boîte en fer-blanc.

Elle tenait bien haut un tube de morphine dans sa main droite lorsque la porte du hall s'ouvrit sur Tredwell qui s'effaça devant Edward Raynor, le Dr Carelli et sir Claud Amory. Le premier à entrer fut le secrétaire, jeune homme blond au visage assez solennel, qui avoisinait la trentaine. Il se dirigea vers Barbara, puis tomba en arrêt devant la boîte.

— Tiens, Mr Raynor, vous vous intéressez aux poisons ? s'enquit-elle en continuant à ranger les flacons.

Le Dr Carelli s'approcha à son tour de la table. Du bon côté de la quarantaine, très brun et de teint mat, il portait des vêtements de soirée un peu trop ostensiblement bien coupés. Gestes coulants et manières doucereuses, il s'exprimait avec un très léger accent italien.

— Eh bien mais que se passe-t-il donc ici, chère *signorina* Amory ?

Sir Claud s'arrêta un moment à la porte avant d'entrer dans la pièce pour parler à Tredwell.

— Vous avez bien compris mes instructions ? demanda-t-il au majordome.

— Parfaitement, sir Claud.

Tredwell se retira et sir Claud rejoignit leur invité.

— J'espère que vous m'excuserez, docteur Carelli, fit-il sur un ton de politesse cérémonieuse, si je me rends directement à mon cabinet de travail pour l'instant ? J'ai diverses lettres à achever, qui ne sauraient attendre et doivent partir ce soir.

— Je croyais que vous aviez une importante annonce à faire au sujet de ces mystérieux invités qui vont arriver ? grommela Richard, d'assez méchante humeur.

— Plus tard. Je serai très vite de retour parmi vous, répondit sir Claud. Raynor, voudriez-vous venir avec moi ?

Le secrétaire rejoignit son patron et ils s'engouffrèrent dans le cabinet de travail de sir Claud. Alors que la porte se refermait sur eux, Barbara poussa soudain un petit cri et lâcha le tube qu'elle tenait à la main.

4

Le Dr Carelli se précipita pour ramasser le tube qui venait d'échapper à Barbara. Il y jeta un coup d'œil avant de le rendre avec une courtoise inclinaison de la tête.

— Dites donc, s'exclama-t-il, que vois-je ? De la morphine !

Il prit un autre tube de verre sur la table.

— Et de la strychnine ! Puis-je vous demander, chère petite mademoiselle, où vous vous êtes procuré ces échantillons mortels ?

Il se mit à examiner le contenu de la boîte de fer-blanc avec un intérêt non dissimulé.

Barbara adressa au mielleux médecin italien un regard peu amène.

— Des restes de la guerre, répondit-elle sèchement avec un sourire crispé.

Se retournant vers sa tante, elle poursuivit sur un ton plus aimable :

— Je ne m'attendais pas à trouver de la strychnine là-dedans, alors j'ai eu un moment de surprise. C'est pourquoi je l'ai laissée tomber. Que je suis bête.

Caroline Amory se leva, inquiète, et s'approcha de Carelli.

— Ce n'est pas vraiment du poison, ces petits tubes, n'est-ce pas, docteur ? Je veux dire qu'ils ne pourraient plus faire de mal à quiconque, non ? Voilà des années que cette vieille boîte de fer-blanc traîne à la maison. Ces produits ne sont certainement plus dangereux ?

— J'ignore bien entendu ce que vous entendez par dangereux, très chère madame, ironisa-t-il, mais je gagerais qu'avec la petite collection que vous possédez ici, vous pourriez tuer, mettons... une douzaine d'individus vigoureux.

— Miséricorde ! s'exclama miss Amory avec un hoquet d'horreur.

Elle recula jusqu'à sa chaise et s'assit lourdement.

— Voici, par exemple, continua le Dr Carelli en s'adressant à l'assistance rassemblée, quelque chose de très intéressant.

Il souleva un tube dont il lut lentement l'étiquette :

— « Chlorhydrate de strychnine : quatre milligrammes. » Sept ou huit de ces comprimés, et vous connaîtriez une mort atroce. Il s'agit là d'une façon extrêmement douloureuse de quitter le monde et que je ne recommanderais à personne.

Il en saisit un autre.

— « Sulfate d'atropine. » Ah ! l'empoisonnement à l'atropine est parfois fort difficile à différencier de l'intoxication à la ptomaïne. C'est aussi une mort très douloureuse.

Il reposa les deux tubes qu'il tenait et en prit un troisième.

— Mais ici, poursuivit-il lentement, posément, nous avons du bromhydrate de scopolamine. Zéro soixante-cinq milligrammes. Cela n'a l'air de rien, n'est-ce pas ? Et pourtant, je vous l'assure : vous n'auriez qu'à avaler la moitié de ces petits comprimés blancs pour...

Il eut un geste évocateur.

— Ce serait sans douleur. Sans douleur

aucune. Juste un assoupissement rapide, suivi d'un sommeil sans rêves, mais dont vous ne vous réveilleriez pas.

Il se dirigea vers Lucia et lui tendit le tube comme s'il l'invitait à l'examiner. Un petit sourire flottait sur ses lèvres, mais certes pas dans ses yeux.

Lucia regarda fixement l'objet comme s'il la fascinait.

— Un assoupissement rapide, un sommeil sans rêves, murmura-t-elle presque comme si elle était sous hypnose tandis qu'elle tendait la main pour s'en emparer.

Au lieu de le lui donner, le Dr Carelli jeta un coup d'œil qui pouvait passer pour interrogateur en direction de Caroline Amory. Laquelle frissonna et parut horrifiée mais ne releva pas. Avec un haussement d'épaules, Carelli s'éloigna de Lucia, le tube de bromhydrate de scopolamine toujours à la main.

À ce moment, la porte du hall s'ouvrit et Richard Amory entra. Sans un mot, il se dirigea vers la table-bureau et s'assit sur un tabouret. Il fut bientôt suivi dans la pièce par Tredwell, qui portait un plateau chargé d'une cafetière, de tasses et de soucoupes. Le majordome déposa le tout sur la table basse puis s'esquiva tandis que Lucia venait s'asseoir sur le canapé pour jouer les demoiselles de la maison.

Barbara s'approcha, prit les deux premières tasses que Lucia avait remplies et en porta une à Richard, gardant l'autre pour elle-même. Au centre de la pièce, pendant ce temps, le

Dr Carelli s'affairait à ranger les tubes de verre dans la boîte en fer-blanc.

— Savez-vous, docteur, frissonna miss Amory, qu'avec vos histoires de sommeil sans rêves et de morts atroces, vous me donnez la chair de poule. Je suppose que l'Italien que vous êtes doit en savoir long sur les poisons ?

— Chère madame, répondit en riant Carelli, cette remarque n'est-elle pas extrêmement injuste et, pour tout dire... irrationnelle ? Pourquoi un Italien en saurait-il sur les poisons davantage qu'un Anglais ? J'ai entendu dire, poursuivit-il d'un ton enjoué, que le poison est une arme plus féminine que masculine. Alors peut-être est-ce à vous qu'il faudrait que je m'adresse avant de pouvoir vous répondre... Ah ! à moins que ce ne soit à une Italienne que vous pensiez, une certaine dame Borgia ? C'est cela, n'est-ce pas ?

Il prit une tasse de café que Lucia venait de servir, la tendit à miss Amory et retourna en prendre une pour lui.

— Lucrèce Borgia, cette horrible créature ! Oui, je présume que c'est à elle que je songeais, reconnut Caroline Amory. Rendez-vous compte que je faisais des cauchemars sur elle quand j'étais enfant ! Je l'imaginais très pâle, mais grande et belle, avec des cheveux d'un noir de jais, tout à fait comme notre chère Lucia.

Le Dr Carelli s'approcha de miss Amory pour lui tendre le sucrier. Elle secoua la tête et il le remit sur le plateau à café. Richard Amory posa sa tasse, prit un magazine sur la table-bureau et commença à le feuilleter pendant que sa tante continuait à disserter sur Lucrèce Borgia.

— Oui, d'affreux cauchemars, discourait-elle. Je rêvais que j'étais la seule enfant dans une pièce peuplée d'adultes qui buvaient tous dans de très élégants verres à pied finement ciselés. Puis cette femme radieuse — maintenant que j'y songe, elle vous ressemblait remarquablement, ma chère petite Lucia —, cette femme, disais-je, s'approchait de moi et me forçait à prendre un verre. Je devinais cependant à son sourire qu'il ne fallait pas que je boive, mais je savais que je ne serais pas en mesure de refuser. Sans trop que je sache comment, de par le seul pouvoir de son hypnotisme, elle me contraignait à boire... et c'est alors que je commençais à éprouver une horrible sensation de brûlure dans la gorge, à me débattre sans pour autant parvenir à respirer. C'était affreux. Et là, bien sûr, je me réveillais.

Le Dr Carelli s'était approché de Lucia. Debout en face d'elle, il plongea dans une révérence ironique.

— Chère Lucrèce Borgia, implora-t-il, ayez pitié de nous tous ici présents.

Lucia ne réagit pas à la plaisanterie de Carelli. Immobile au bord du canapé, le regard figé droit devant comme si elle était perdue dans ses songes, elle ne semblait d'ailleurs pas l'avoir entendue. Il y eut un silence embarrassé. Se souriant à lui-même, le médecin se détourna de Lucia, but son café et posa sa tasse sur la table ronde. Avalant rapidement le sien, Barbara sembla se rendre compte qu'un changement d'atmosphère s'imposait.

— Si on mettait un peu de musique ? suggéra-t-elle en se dirigeant vers le phonographe. Voyons, qu'est-ce qu'on va écouter ? Ah ! voilà un merveilleux disque que j'ai acheté quand j'étais en ville l'autre jour.

Elle commença à chanter, accompagnant ses paroles d'un petit pas de danse au rythme de la musique de jazz :

— *C'est dingue, c'est dingue, c'est dingue comme tu te fringues*... Ou alors qu'avons-nous d'autre ?

— Oh ! Barbara chérie, en tout cas pas cette rengaine vulgaire, je t'en conjure, supplia miss Amory en se joignant à elle pour fouiller dans les disques. Nous avons beaucoup plus joli ici. Si nous devons passer de la musique populaire, nous avons quelque part les délicieuses chansons de John McCormack. Et que diriez-vous de « La Ville Sainte » ? Je ne me rappelle plus le nom de la soprano... Et pourquoi pas ce si beau disque de la Melba ? Oh ! tiens, voilà le largo de Haendel...

— Allons, tante Caroline, ce n'est pas le largo de Haendel qui va nous faire voir la vie en rose, protesta Barbara. Si tout le monde tient à de la musique classique, il y a toujours l'opéra italien. Allez, docteur, nous marchons sur vos plates-bandes. Venez nous aider à choisir.

Il rejoignit Barbara et miss Amory autour du phonographe, et tous trois commencèrent à trier la pile de disques. Richard semblait à présent complètement absorbé par son magazine.

— Oui, l'opéra est une forme d'art essentiellement italienne. Presque comme le poison, peut-être, glissa le médecin avec un sourire. Voyons un peu ce que vous avez ici. Verdi est mon compositeur préféré. C'est le plus grand Italien du XIXe siècle, plus grand que nos hommes d'État et nos politiciens. *Aïda* est un opéra merveilleux. Son meilleur, à mon avis. Vous avez quelque chose d'*Aïda* ? Par exemple cette belle aria, « *O patria mia* », qu'Aïda chante au début de l'acte III sur les bords du Nil au clair de lune.

Il en interpréta doucement un trait d'une voix non déplaisante de ténor léger.

— *O patria mia, non ti vedro mai più !* « Ô ma patrie, dit Aïda, je ne te reverrai jamais plus. » Merveilleuse musique. Tellement émouvante. Et *Rigoletto* ?

Il se remit à chanter.

— *La donna è mobile, qual piuma al vento...*

Barbara l'interrompit vertement :

— Oh, zut et flûte ! Pas ce genre de trucs pour vieilles badernes collet monté ! Trouvons quelque chose qu'on puisse danser. Un charleston ?

— On peut très facilement danser sur la musique de *Rigoletto*, ma chère enfant, je vous assure, confia Carelli à Barbara. L'aria du ténor dans le premier acte, « *Questa o quella* », est presque un exemple avant l'heure de ce que les Américains appellent le « swing ». Cela donne ceci.

Il entonna les premières mesures de l'aria, mais renonça en pouffant de rire lorsqu'il vit Barbara plaquer ses mains sur ses oreilles en faisant une grimace comique.

Tandis que la discussion se poursuivait

autour du phonographe, Lucia se leva, se dirigea lentement et apparemment sans but vers la table du centre de la pièce, jeta un coup d'œil à la boîte en fer-blanc. Puis, prenant soin de s'assurer que personne ne la remarquait, elle saisit un tube de verre et lut l'étiquette. « Bromhydrate de Scopolamine ». Elle ouvrit le tube et versa la quasi-totalité des comprimés dans la paume de sa main. Au même moment, la porte du cabinet de travail de sir Claud s'ouvrit et le secrétaire, Edward Raynor, apparut. Il s'immobilisa un instant et la regarda remettre le tube en place avant de repartir vers la table basse.

À ce moment, venant du cabinet de travail, la voix de sir Claud se fit entendre. Les paroles étaient indistinctes, mais Raynor se tourna pour lui répondre :

— Certainement, monsieur. Je vous apporte votre café tout de suite.

Le secrétaire allait se diriger vers la table basse lorsque la voix de sir Claud l'arrêta :

— Et la lettre pour Marshall, au fait ?

— Partie au courrier de cet après-midi, monsieur, répondit le secrétaire.

— Mais, Raynor, je vous avais pourtant bien dit... Allons, revenez ici, mon garçon ! tonitrua sir Claud depuis son cabinet de travail.

— Je suis désolé, bredouilla l'infortuné secrétaire en faisant retraite vers son patron.

Lucia, qui avait levé la tête dans sa direction au son de sa voix, semblait ne pas s'être aperçue que le secrétaire avait observé ses gestes. Se tournant à demi de façon à ce que Richard, son mari, ne se rende pas compte de ce qu'elle faisait, elle laissa tomber les comprimés qu'elle avait toujours à la main dans l'une des tasses de café, sur la petite table, ensuite de quoi elle se déplaça vers le devant du canapé.

Le son d'un fox-trot endiablé jaillit soudain du phonographe et Barbara commença à exécuter un rapide pas de danse de son invention. Richard Amory posa le magazine dans lequel il était plongé, finit d'un trait son café, posa sa tasse sur la table du centre de la pièce et rejoignit sa femme.

— Je te prends au mot, lui dit-il d'une voix sourde. C'est décidé. Nous partons tous les deux.

Lucia leva sur lui un regard éberlué.

— Richard, murmura-t-elle faiblement, tu es sérieux ? Il serait donc envisageable que nous nous en allions d'ici ? Mais je croyais que tu avais dit... À propos, d'où... d'où est-ce que viendra l'argent ?

— L'argent, ce ne sont pas les moyens de s'en procurer qui manquent, grommela Richard d'un air sombre.

La voix de Lucia se fit inquiète.

— Que veux-tu dire ?

— Je veux dire, répondit son mari, que lorsqu'un homme est attaché à une femme comme je le suis à toi, il fera n'importe quoi. Absolument n'importe quoi ! Me comprends-tu ?

— Ce genre de déclaration n'est guère flatteur pour moi, répliqua-t-elle. Cela montre seulement que tu ne me fais toujours pas confiance, que tu te crois obligé d'acheter mon amour avec...

Elle s'interrompit et tourna la tête lorsque la porte du cabinet de travail s'ouvrit et qu'Edward Raynor revint. Il se dirigea vers la table basse et prit une tasse de café tandis que Lucia changeait de place sur le canapé pour s'asseoir à l'extrémité. Richard, pendant ce temps, s'était dirigé d'un air maussade vers la cheminée où ses yeux grands ouverts semblaient fixer l'âtre vide.

Barbara, qui continuait seule son fox-trot endiablé, regarda son cousin en se demandant si elle ne devait pas l'inviter à danser. Apparemment dissuadée par son attitude de marbre, elle se tourna vers Raynor.

— Un petit fox-trot, Mr Raynor ? lui proposa-t-elle.

— Avec plaisir, miss Amory, répondit le secrétaire. Juste un instant, que je porte son café à sir Claud.

Lucia se leva d'un bond du canapé.

— Mr Raynor, l'arrêta-t-elle précipitamment, ce n'est pas le café de sir Claud que vous avez pris. Vous vous êtes trompé de tasse.

— Ah bon ? fit-il. Je suis désolé.

Lucia en prit une autre sur la table basse et la lui tendit. Ils procédèrent à l'échange.

— Voilà, fit-elle, c'est celle-là.

Avec un sourire énigmatique, elle reposa sur la table basse le café que Raynor lui avait rendu et repartit s'asseoir.

Le secrétaire lui tourna le dos et, portant la tasse avec précaution, se dirigea vers la porte du cabinet de travail. Barbara l'intercepta instantanément.

— S'il vous plaît, venez danser avec moi, Mr Raynor, plaida-t-elle avec son sourire le plus engageant. Je harponnerais volontiers le

Dr Carelli, mais je vois bien qu'il meurt d'envie de danser avec Lucia.

Raynor hésitait. Richard Amory approcha.

— Autant capituler tout de suite, Raynor, lui conseilla-t-il. Avec Barbara, tout le monde en finit par là. Tenez, donnez-moi ce café. Je vais l'apporter à mon père.

À contrecœur, Raynor se laissa prendre la tasse des mains. Richard resta un instant immobile, puis traversa la pièce et pénétra dans le cabinet de travail de son père. Barbara et Edward Raynor, après avoir retourné le disque sur le phonographe, valsaient à présent dans les bras l'un de l'autre. Le Dr Carelli les observa un moment avec un sourire indulgent avant de s'approcher de Lucia qui, l'air profondément abattu, était toujours assise à une extrémité du canapé.

— C'est fort aimable à miss Amory de m'avoir prié de rester dîner ce soir, lui dit-il.

Lucia leva les yeux sur lui. Elle resta quelques secondes silencieuse.

— C'est une fort aimable personne, répondit-elle enfin.

— Et la maison est tellement agréable, poursuivit-il en passant derrière le canapé. Il faudra me la montrer, tout à l'heure. Je m'intéresse énormément à l'architecture des résidences privées de cette époque.

Pendant ce temps, Richard était ressorti du cabinet de travail de son père. Sans un regard pour sa femme et Carelli, il se dirigea vers la boîte de produits pharmaceutiques, sur la table du milieu, et commença à en ranger le contenu.

— Miss Amory pourra vous en dire beaucoup plus que moi sur ce sujet, répondit Lucia au Dr Carelli. Je ne m'y connais guère en architecture.

Après s'être assuré d'un regard circulaire que Richard Amory était toujours occupé à ranger les produits pharmaceutiques, Edward Raynor et Barbara en train de valser à l'autre bout de la pièce, et miss Caroline Amory apparemment assoupie, Carelli contourna le canapé pour venir s'asseoir à côté de Lucia.

— Avez-vous fait ce que je voulais ? la pressa-t-il tout bas.

— Vous ne connaissez donc pas la pitié ? souffla-t-elle avec désespoir d'une voix plus basse encore, presque un murmure.

— Avez-vous fait ce dont je vous avais donné l'ordre ? insista-t-il.

— Je... Je..., commença à balbutier Lucia qui se leva soudain du canapé et se dirigea à grands pas vers la porte du hall.

Elle tourna la poignée et s'aperçut qu'elle ne parvenait pas à ouvrir.

— Il y a quelque chose qui bloque ! s'écria-t-elle en se retournant vers les autres. Je n'arrive pas à sortir.

— Qu'est-ce qu'il y a, ma chérie ? s'enquit Barbara qui valsait toujours avec Raynor.

— Je ne peux pas ouvrir cette porte.

Barbara et Raynor s'arrêtèrent de danser et rejoignirent Lucia, cependant que Richard Amory éteignait le phono avant de venir lui aussi. Tous quatre s'y essayèrent tour à tour sans succès, sous le regard de miss Amory qui s'était réveillée mais non levée, et du Dr Carelli, immobile à côté de la bibliothèque.

Sans que personne ne le remarque, sir Claud émergea de son cabinet de travail, sa tasse de café à la main. Il resta quelques secondes à observer le groupe rassemblé à la porte du hall. Tout, dans son maintien, trahissait une détermination farouche.

— Voilà qui est extraordinaire ! s'écria Raynor qui abandonna sa tentative d'ouverture pour se tourner vers les autres. Elle est complètement coincée, dirait-on.

La voix de sir Claud s'éleva à l'autre bout de la pièce, les faisant tous sursauter.

— Oh ! non, elle n'est pas coincée. Elle est fermée à double tour. Fermée à double tour et de l'extérieur.

Sa sœur se leva et s'approcha de lui. Elle s'apprêtait à parler mais il la devança :

— Elle a été fermée ainsi sur mon ordre, Caroline.

Tous les yeux braqués sur lui, sir Claud se dirigea vers la table basse, prit un morceau de sucre dans le sucrier et le laissa tomber dans son café.

— J'ai quelque chose à vous dire à tous, continua-t-il. Richard, voudrais-tu bien sonner Tredwell ?

Son fils fit mine de vouloir répliquer. Après un instant de silence, il se dirigea cependant vers la cheminée et pressa un bouton dans le mur.

— Je vous propose de vous asseoir tous, poursuivit sir Claud avec un geste en direction des sièges.

Le Dr Carelli, sourcils levés, traversa la pièce pour s'installer sur le tabouret. Edward Raynor et Lucia Amory prirent une chaise cependant que Richard préférait rester debout devant la cheminée, la mine perplexe. Caroline Amory et sa nièce Barbara occupèrent le canapé.

Quand chacun fut confortablement installé, sir Claud déplaça le fauteuil pour le positionner juste derrière la table ronde, d'où il pouvait très facilement observer tout le monde. Il s'assit.

On entendit le bruit d'une clé tournant dans la serrure, la porte du hall s'ouvrit, et Tredwell entra.

— Vous m'avez sonné, sir Claud ? demanda cérémonieusement le majordome.

— Oui, Tredwell. Avez-vous appelé le numéro que je vous ai indiqué ?

— Oui, monsieur.

— Avez-vous obtenu la réponse souhaitée ?

— Tout à fait, monsieur.

— Et une voiture est partie pour la gare ?

— Bien entendu, monsieur. Elle sera au train.

— Parfait, Tredwell, conclut sir Claud. Vous pouvez refermer, à présent.

— Bien, monsieur, répondit Tredwell en se retirant.

Après que le majordome eut tiré la porte derrière lui, le bruit de clé se fit à nouveau entendre.

— Claud, protesta miss Amory, que diable Tredwell...

— Il agit sur mes instructions, Caroline, l'interrompit-il sèchement.

Richard Amory s'adressa à son tour à son père sur un ton glacial.

— Pourrait-on connaître la signification de tout ceci ?

— Je m'apprête à vous l'expliquer, répondit sir Claud. Je vous prie de m'écouter dans le calme, tous autant que vous êtes. Pour commencer, vous devez l'avoir désormais compris, ces deux portes...

Il désigna d'un geste les deux portes qui donnaient sur le hall.

— Ces deux portes sont condamnées de l'extérieur. Mon cabinet de travail, à côté, n'a d'autre issue que la traversée de cette pièce. Les portes-fenêtres sont bloquées.

Il pivota sur son siège pour faire face au Dr Carelli et expliqua, comme en aparté :

— Bloquées, en fait, par un système de mon invention dont ma famille connaît l'existence mais que personne ne sait désactiver.

Puis, s'adressant de nouveau à tout le monde :

— Cet endroit est une ratière.

Il consulta sa montre.

— Il est à présent 9 heures moins 10. Peu après 9 heures, le chasseur de rats fera son entrée.

— Le chasseur de rats ? gronda Richard Amory.

Sur son visage, la perplexité le disputait à la colère naissante.

— Quel chasseur de rats ?

— Un détective, condescendit à déclarer, mi-figue mi-raisin, le célèbre savant en buvant une gorgée de café.

5

L'annonce de sir Claud suscita l'effarement général. Lucia émit un petit cri sourd qui lui attira un regard appuyé de son mari. Miss Amory manqua s'étrangler d'horreur, Barbara s'exclama « Mince, alors ! » et Edward Raynor balbutia un peu compromettant « Oh, vraiment, sir Claud ! » Seul le Dr Carelli sembla peu affecté par ce qu'il avait entendu.

Sir Claud s'installa dans son fauteuil, sa tasse de café dans la main droite et la soucoupe dans la gauche.

— Il semble que j'aie produit mon petit effet, constata-t-il avec satisfaction.

Buvant la dernière gorgée, il se plaignit en déposant tasse et soucoupe sur la table centrale avec une grimace :

— Le café est plus amer que d'habitude, ce soir.

Voyant dans ce jugement peu amène une gravissime remise en cause de ses vertus domestiques, sa sœur pâlit sous l'outrage. Et elle allait ouvrir la bouche pour exprimer le fond de sa pensée lorsque Richard prit les devants.

— Quel détective ? demanda-t-il à son père.

— Il s'appelle Hercule Poirot, répondit sir Claud. C'est un Belge.

— J'ai entendu parler de lui ! s'exclama le Dr Carelli. Sa réputation est internationale.

— Mais pourquoi ? insista Richard. Pourquoi engager un détective ?

— Voilà la vraie question, convint son père

avec un sourire sardonique. Tu viens de toucher du doigt le point crucial. Depuis quelque temps, comme la plupart d'entre vous le savent, je suis engagé dans la recherche atomique. J'ai découvert un nouvel explosif. Sa puissance est telle qu'il relègue tout ce qui a été jusqu'à présent trouvé au rang de simple pétard. Mais vous êtes déjà au courant de tout ça...

Carelli sauta instantanément sur ses pieds.

— Moi, je ne l'étais pas ! s'écria-t-il avec fougue. Ça m'intéresse au plus haut point.

— Vraiment, Carelli ?

Sir Claud avait fait de ces mots banals une interjection si lourde de sens que l'Italien, embarrassé, se rassit.

— Ainsi que je le disais, enchaîna sir Claud, la puissance de l'Amorite, comme je l'ai baptisé, est telle que là où nous pouvions jusqu'à présent tuer des milliers de personnes, c'est par centaines de milliers que nous pourrons maintenant les exterminer.

— Quelle horreur ! s'exclama Lucia avec un frisson.

— Ma chère belle-fille, la tança sir Claud en esquissant un sourire, la vérité n'est jamais horrible, elle n'est qu'intéressante.

— Mais pourquoi..., demanda Richard, pourquoi nous dites-vous tout cela ?

— Parce que, expliqua sir Claud, depuis un certain temps déjà, j'avais des raisons de penser qu'un membre de la maisonnée essayait de dérober la formule de l'Amorite. J'avais demandé à M. Poirot de se joindre à nous pour le week-end afin d'emporter la formule avec lui à Londres lundi et de la remettre en mains propres à un officiel du ministère de la Défense que je lui désignerais.

Caroline Amory y alla de son ébauche de sermon :

— Mais Claud, je m'insurge ! C'est absurde ! Et très blessant pour nous tous. Tu ne peux sérieusement soupçonner que l'un des membres de la famille ait pu vouloir...

— Je n'ai pas fini, Caroline, l'interrompit son frère. Et je puis t'assurer qu'il n'y a rien d'absurde dans ce que j'énonce. Je le répète, j'avais invité Hercule Poirot à se joindre à nous demain, mais force m'a été de bouleverser mes plans et de lui demander de descendre d'urgence de Londres ce soir. Et si j'ai effectué cette démarche, c'est parce que...

Sir Claud marqua un temps. Quand il recommença à parler, couvrant d'un regard circulaire toute l'assemblée qui était suspendue à ses lèvres, ce fut plus lentement, en donnant une emphase nouvelle à ses paroles.

— ... c'est parce que la formule, poursuivit-il, écrite sur une feuille de papier ordinaire enfermée dans une enveloppe oblongue, a été volée dans le coffre de mon cabinet de travail un peu avant dîner, ce soir. Volée par quelqu'un qui se trouve dans cette pièce !

Un chœur d'exclamations atterrées accueillit cette déclaration de l'éminent physicien. Puis tout le monde se mit à parler en même temps.

— Volée, la formule ? En es-tu sûr, Claud ? s'insurgea miss Amory.

— Quoi ? Dans le coffre ? Mais c'est impossible ! s'écria Edward Raynor.

Le brouhaha des voix n'incluait pas celle du Dr Carelli qui, le visage pensif, était resté assis. Les autres, en revanche, ne firent silence que lorsque sir Claud éleva la voix pour continuer.

— J'ai pour habitude d'être certain de ce que j'avance, assura le savant à ses auditeurs. À 19 h 20 très exactement, j'ai rangé la formule dans le coffre. Quand j'ai quitté mon cabinet de travail, Raynor, ici présent, y est entré.

— Vraiment, sir Claud, je ne peux que protester..., préluda le secrétaire, rouge d'embarras à moins que ce ne fût de colère.

Le savant atomiste leva la main pour le faire taire.

— Permettez-moi de continuer. Raynor est resté dans mon bureau et il y était encore, en train de travailler, lorsque le Dr Carelli est apparu à la porte. Après l'avoir salué, Raynor a laissé le docteur seul dans le cabinet de travail pendant qu'il allait informer Lucia que...

— Je proteste... Je..., bredouilla Carelli.

Mais, là encore, sir Claud leva la main pour lui imposer le silence et poursuivre son exposé des faits.

— Raynor, cependant, n'est pas allé plus loin que le seuil de cette pièce, où il a rencontré ma sœur Caroline en compagnie de Barbara. Tous trois sont restés ici et le Dr Carelli les a rejoints. Caroline et Barbara sont les deux seules personnes à n'être à aucun moment entrées dans mon cabinet de travail.

Barbara jeta un coup d'œil en direction de sa tante, puis s'adressa à sir Claud :

— Je crains que vos informations sur nos allées et venues ne comportent de graves lacunes, oncle Claud. Je ne peux en aucun cas être exclue de votre liste de suspects. Vous vous rappelez, tante Caroline ? Vous m'avez envoyée dans le cabinet de travail chercher une aiguille à tricoter que vous aviez égarée. Vous vous demandiez si elle n'y serait pas.

Ignorant l'interruption de sa nièce, le savant continua :

— Ç'a ensuite été au tour de Richard d'arriver. Il est venu seul dans le cabinet et y est resté quelques minutes.

— Bon sang, père ! s'exclama le jeune homme ainsi mis en cause, vous n'allez tout de même pas me soupçonner d'avoir dérobé votre satanée formule, non ?

— Cette feuille de papier vaut très cher, répondit sir Claud d'un air entendu en fixant son fils droit dans les yeux.

— Je vois, fit Richard en lui retournant son regard. J'ai des dettes. C'est ce à quoi vous faites allusion, n'est-ce pas ?

Sir Claud s'abstint de lui répondre.

— Je disais donc, continua-t-il en balayant les autres d'un regard circulaire, que Richard est resté quelques minutes dans mon cabinet de travail. Il est réapparu dans cette pièce au moment précis où Lucia y entrait. Quand le dîner a été annoncé quelques minutes plus tard, Lucia n'était plus avec nous. Je l'ai trouvée dans mon cabinet de travail, debout à côté du coffre.

— Père ! s'écria Richard qui se dirigea vers sa femme et mit un bras protecteur autour de ses épaules. Vous dépassez réellement les bornes !

— Je le répète, j'ai trouvé Lucia debout à côté du coffre. Elle paraissait très agitée, et quand je lui ai demandé ce qui n'allait pas, elle m'a répondu qu'elle avait un étourdissement. Je lui ai suggéré de boire un verre de vin. À quoi elle m'a objecté qu'elle se sentait déjà mieux et m'a quitté pour rejoindre les autres. Au lieu de la suivre tout de suite à la salle à manger, je suis resté dans mon cabinet de travail. Et là, je ne sais pourquoi, une sorte d'instinct m'a commandé de regarder dans le coffre. Je l'ai ouvert, et je me suis aperçu que l'enveloppe qui contenait la formule avait disparu.

Il y eut un silence. Personne ne songeait plus à souffler mot. L'incommensurable gravité de la situation semblait commencer à être perçue par chacun.

— Comment avez-vous réuni tous ces renseignements sur nos faits et gestes, père ? s'enquit enfin Richard.

— Grâce à une réflexion scientifique et méthodique, bien sûr. En d'autres termes, par l'observation et la déduction. En me servant de mes yeux et en interrogeant Tredwell.

— Je remarque non sans amertume que ni Tredwell, ni Mrs Farrow, la cuisinière, ni les deux femmes de chambre, ni Thomson, le jardinier, ne figurent parmi tes suspects, Claud, lui reprocha Caroline Amory. Rien que ta famille. Uniquement les êtres qui te sont les plus proches et les plus chers.

— Ma famille et, bien entendu, notre invité, corrigea son frère. Oui, c'est ainsi, Caroline. J'ai déterminé, à ma grande satisfaction, que ni Tredwell ni personne parmi les domestiques ne s'est trouvé dans mon cabinet de travail entre le moment où j'ai rangé la formule dans le coffre et celui où j'ai rouvert ce dernier pour constater la disparition de ma précieuse enveloppe.

Sir Claud les regarda chacun tour à tour.

— Je veux croire que la situation est absolument claire pour chacun d'entre vous. Quiconque a dérobé la formule doit encore l'avoir sur soi. Depuis que nous sommes revenus ici après le dîner, la salle à manger a en effet été passée au peigne fin. Tredwell m'aurait prévenu si le papier y avait été retrouvé. Et, ainsi que vous vous en êtes depuis un bon moment déjà rendu compte, j'ai pris toutes dispositions afin que nul ne puisse quitter cette pièce.

Un silence tendu régna quelques instants. Il ne fut rompu que lorsque le Dr Carelli s'enquit sur le ton de la plus exquise courtoisie :

— Suggéreriez-vous donc, sir Claud, que nous soyons tous fouillés ?

— Ce n'est en rien ce que je suggère, répliqua ce dernier en consultant sa montre. Il est maintenant 9 heures moins 2. Hercule Poirot et un ami à lui, le capitaine Hastings, doivent être arrivés à Market Cleve où une voiture les attend. À 9 heures précises, Tredwell a pour instructions de couper l'électricité au disjoncteur du sous-sol. Cette pièce sera plongée dans l'obscurité totale pendant une minute, et une minute seulement. Quand les lumières reviendront, l'affaire ne sera plus entre mes mains. Hercule Poirot va bientôt nous rejoindre et c'est lui qui s'en chargera. Mais si, à la faveur de l'obscurité, la formule est placée ici...

Il abattit sa main sur la table.

— Si, disais-je, elle est placée ici, alors j'informerai M. Poirot que j'ai fait erreur et que je n'ai pas besoin de ses services.

— C'est une proposition scandaleuse, déclara Richard avec emportement. Je prétends que nous devrions tous être fouillés. Moi, en tout cas, j'y suis prêt.

— Moi aussi, bien sûr, se hâta d'annoncer Raynor.

Richard Amory adressa un regard appuyé au Dr Carelli. L'Italien sourit puis haussa les épaules.

— Et moi aussi, naturellement.

Le regard de Richard glissa vers sa tante.

— Oh ! bon, puisqu'il faut en passer par là, passons-en par là, capitula miss Amory.

— Lucia ? demanda Richard en se tournant vers sa femme.

— Non, non, Richard, répondit-elle, le souffle court. S'il te plaît, non. Le plan de ton père est meilleur.

Richard la dévisagea un moment en silence, le corps soudain tendu.

— Eh bien, Richard ? s'enquit sir Claud.

Un soupir pesant fut d'abord son unique réponse.

— Très bien, je suis d'accord, dit-il enfin.

Il consulta des yeux sa cousine Barbara qui lui renvoya un geste d'assentiment désinvolte.

Sir Claud se laissa aller d'un air las contre le dossier de son fauteuil.

— J'ai toujours l'amertume de ce café dans la bouche, articula-t-il d'une voix traînante.

Il émit un bâillement assoupi.

La pendule de la cheminée commença à égrener ses coups. Chacun les écouta dans un silence absolu. Sir Claud se tourna lentement dans son fauteuil et fixa son regard sur son fils Richard. Au dernier coup de 9 heures, les lumières s'éteignirent soudain et la pièce se trouva plongée dans une obscurité totale.

Quelques halètements, quelques soupirs se firent entendre dans le noir, ainsi que les exclamations étouffées des femmes, puis la voix de miss Amory s'éleva :

— Tout ceci ne me dit vraiment rien qui vaille.

— Chut ! tante Caroline, lui ordonna Barbara. J'essaie d'écouter.

Pendant quelques secondes, il régna un silence absolu, suivi du son d'une respiration lourde, puis du froissement d'une matière qui ressemblait à de l'étoffe ou du papier. Le silence s'abattit de nouveau, ponctué cette fois d'une sorte de claquement métallique, puis d'un bruit de papier déchiré et de celui d'une chaise renversée.

— Sir Claud ! sir Claud ! s'écria soudain Lucia. Je n'en peux plus ! Il me faut de la lumière ! Quelqu'un, je vous en supplie ! Remettez la lumière !

La pièce resta dans les ténèbres. On entendit

une profonde inspiration, puis des coups sourds frappés à la porte donnant sur le hall. Lucia cria de nouveau. Comme en réponse, toutes les lumières de la bibliothèque se rallumèrent soudain.

Richard se tenait à présent à côté de la porte, apparemment incapable de décider s'il devait ou non tenter de l'ouvrir. Edward Raynor était debout à côté de sa chaise culbutée. Lucia était renversée contre le dossier de la sienne, comme au bord de l'évanouissement.

Sir Claud, rigoureusement immobile dans son fauteuil, gardait les yeux clos. Raynor montra soudain du doigt la table, à côté de son patron.

— Regardez ! s'exclama-t-il. C'est la formule, ça ne peut être que ça !

Sur ladite table, se trouvait en effet une enveloppe oblongue telle que sir Claud l'avait précédemment décrite.

— Merci mon Dieu ! s'exclama Lucia. Merci ! Oh, merci !

On frappa de nouveau à la porte du hall, qui à présent s'ouvrit lentement. L'attention générale s'y porta, tandis que Tredwell introduisait un étranger avant de se retirer.

Les regards de chacun étaient braqués sur le nouvel arrivant. Ils virent un petit homme aux allures de dandy et à l'aspect hors du commun, qui, du haut de son mètre soixante à peine, affichait un air d'extraordinaire dignité. Son crâne avait exactement la forme d'un œuf et, comme un terrier à l'affût, il tenait la tête légèrement inclinée de côté. Sa moustache cirée était d'une rigidité impressionnante, il était très élégamment vêtu d'un complet-veston croisé anthracite, et, pour un individu d'âge quasiment déjà mûr, ses cheveux étaient d'un noir qui ne pouvait manquer d'éveiller la suspicion. Il était escorté d'un homme plus grand que lui, entre deux âges et d'allure martiale, qui portait un complet de tweed fauve et dont le visage avenant, ouvert, était orné d'une fine moustache en brosse.

— Hercule Poirot, pour vous servir, fit l'étranger en s'inclinant. Et voici mon cher et éminent collaborateur et ami, le capitaine Hastings, qui a bien voulu venir avec moi de Londres ce soir.

— Quelle ravissante bibliothèque, remarqua Hastings, mondain.

Richard Amory s'avança à leur rencontre.

— Monsieur Poirot... capitaine Hastings..., fit-il en leur serrant la main à tous les deux.

— Sir Claud ? demanda Poirot. Ah ! non, vous êtes trop jeune, bien sûr. Son fils, peut-être ?

Il passa devant Richard et gagna le centre de la bibliothèque, suivi de Hastings qui répéta :

— Quelle ravissante bibliothèque, Mr Amory ! Le temps, en cette saison...

Richard prit le petit détective par le bras :

— Effectivement, je suis Richard Amory, le fils de sir Claud. Je suis navré, monsieur Poirot, mais je crains que nous ne vous ayons fait venir sur un malentendu. Nous n'avons plus besoin de vous.

— Vraiment ? s'enquit Poirot, courtois comme à l'accoutumée.

— Oui, je suis absolument désolé, continua

Richard. Il est tout à fait regrettable que nous vous ayons fait parcourir tout ce chemin depuis Londres. Bien entendu, vos honoraires... et vos frais de déplacement... seront... euh... Aucun problème ne saurait surgir de ce côté-là, bien sûr...

— Je comprends parfaitement, affirma Poirot mais, pour le moment, ce ne sont ni mes honoraires ni mes frais qui me préoccupent.

— Non ? Alors qu'est-ce qui... euh... ?

— Qu'est-ce qui me préoccupe, Mr Amory ? Je m'en vais vous le dire. Ce n'est rien qu'un infime détail. Sans conséquence, bien entendu, mais c'est votre père qui m'avait prié d'effectuer ce déplacement. Pourquoi n'est-ce pas lui qui me demande de repartir ?

— Oh ! bien sûr, je vous prie de m'excuser, fit Richard en se tournant vers sir Claud. Père, voudriez-vous expliquer à M. Poirot que nous n'avons plus besoin de ses services ?

Sir Claud ne répondit ni ne bougea. Les yeux clos, il demeurait parfaitement immobile dans son fauteuil.

— Père ! s'écria Richard en se précipitant vers lui.

Il se pencha, puis se retourna comme un fou.

— Docteur Carelli ! s'époumona-t-il.

Miss Amory se dressa de toute sa hauteur, telle un fantôme blafard. Vif comme l'éclair, Carelli s'en fut prendre le pouls de sir Claud. Il fronça les sourcils, lui posa la main sur le cœur, l'y laissa plusieurs secondes. Puis, l'air grave et relevant les yeux sur Richard Amory, le médecin italien secoua lentement la tête.

Poirot se dirigea vers le fauteuil et contempla le corps inanimé du savant.

— Oui... oui... je crains que..., se murmura-t-il comme à lui-même. Oui, je le crains fort.

— Que craignez-vous donc, monsieur Poirot ? demanda Barbara en le rejoignant.

Poirot la regarda sans ciller.

— Que sir Claud ne m'ait fait venir trop tard, mademoiselle.

6

La déclaration d'Hercule Poirot jeta la consternation. Penché sur sir Claud, Carelli poursuivit quelques instants son examen avant de se relever et de se tourner vers les autres.

— Je suis navré, mais votre père est mort, annonça-t-il à Richard.

Celui-ci le dévisagea, incrédule et comme incapable d'assimiler la nouvelle.

— Mon Dieu..., fit-il enfin. Qu'est-ce qu'il a eu ? Une attaque ?

— Je... je le suppose, répondit Carelli d'un air peu convaincu.

Barbara s'approcha de sa tante pour la réconforter car miss Amory paraissait sur le point de s'évanouir. Edward Raynor, qui rejoignit les deux femmes, aida Barbara à la soutenir et lui chuchota :

— J'espère que ce type est bel et bien médecin ?

— Oui, mais ce n'est après tout qu'un Italien, murmura-t-elle en réponse tandis qu'à eux deux ils installaient miss Amory dans un fauteuil.

Entendant de loin la remarque de Barbara, Poirot secoua la tête avec détermination, lissa sa luxuriante moustache avec un soin raffiné et se fendit de son sourire le plus éclatant.

— Tel que vous me voyez, commenta-t-il suavement, je suis détective. Mais, pour votre plus grand dam, je ne suis après tout qu'un Belge. Il n'en demeure pas moins, très chère mademoiselle, que nous autres étrangers parvenons parfois à trouver la bonne réponse aux questions que vous condescendez à nous poser.

Barbara lui fit la grâce de paraître à tout le moins un peu embarrassée. Raynor et elle restèrent à converser quelques instants, mais Lucia s'approcha alors de Poirot et le prit par le bras pour l'entraîner à l'écart des autres.

— Monsieur Poirot, l'exhorta-t-elle en retenant son souffle, vous devez rester ! Il ne faut pas les laisser vous renvoyer.

Il la regarda fixement.

— Vous souhaitez que je reste ? Est-ce bien là votre désir, madame ? demanda-t-il, le visage impassible.

— Oui, oui, répondit Lucia en détournant les yeux d'un air anxieux vers le corps de sir Claud, toujours droit dans son fauteuil. Il y a dans tout cela un élément qui n'est pas naturel. Le cœur de mon beau-père était en parfait état. Parfait, je vous le répète. Je vous en conjure, monsieur Poirot, découvrez ce qui s'est passé.

Le Dr Carelli et Richard Amory restaient figés auprès du cadavre. Au paroxysme de l'indécision, le jeune homme semblait quasi pétrifié dans son immobilité.

— Je vous suggérerais, Mr Amory, lui conseilla Carelli, de faire appeler d'urgence le médecin personnel de votre père. Je veux croire qu'il en avait un ?

Richard se secoua avec difficulté.

— Quoi ? Euh, oui... Le Dr Graham. Le petit Kenneth Graham. Son cabinet est au village. En fait, il a comme qui dirait le béguin pour ma cousine Barbara et... Mais, excusez-moi, ça n'a rien à voir, n'est-ce pas ?

Cherchant sa cousine des yeux, il l'appela :

— Le numéro de téléphone de Kenneth Graham, c'est quoi, Barbara ?

— Le 5, à Market Cleve, lui répondit-elle.

Richard se dirigea vers le téléphone, décrocha et demanda le numéro. Tandis qu'il attendait la communication, Edward Raynor, se rappelant ses fonctions de secrétaire, s'enquit auprès de lui :

— Dois-je faire venir une voiture pour M. Poirot ?

Ce dernier ouvrit les mains d'un air navré. Il allait parler lorsque Lucia le devança.

— M. Poirot va rester... à ma requête, annonça-t-elle à la cantonade.

Tenant toujours le combiné à l'oreille, Richard se retourna, surpris.

— Comment ça ? demanda-t-il sèchement à sa femme.

— Oui, oui, Richard, il doit rester, insista Lucia, la voix presque hystérique.

Miss Amory levait des yeux consternés, Barbara et Edward Raynor échangeaient des regards inquiets, le Dr Carelli restait debout à considérer d'un air pensif le corps sans vie du grand savant cependant que Hastings, qui, la tête ailleurs, venait de parcourir distraitement les rayonnages de la bibliothèque, reportait son attention — ou peut-être bien l'absence d'icelle — sur les personnes présentes.

Richard était sur le point de répondre à l'explosive déclaration de sa femme lorsqu'à son oreille le téléphone se manifesta soudain.

— Allô... Le Dr Graham ? haleta-t-il. Kenneth, c'est Richard Amory à l'appareil. Mon père a eu une crise cardiaque. Pouvez-vous venir immédiatement ?... En réalité, je suis persuadé qu'il n'y a plus rien à faire, mais... Oui, il est mort... Non... Non, je suis sûr que non... À tout de suite. Merci.

Après avoir raccroché, il traversa la pièce en direction de sa femme et lui murmura, d'une voix basse et agitée :

— Tu es folle ou quoi ? Qu'est-ce qui t'a pris ? Tu ne comprends pas qu'on doit à tout prix se débarrasser de ce détective ?

Éberluée, Lucia se leva de sa chaise.

— Mais pourquoi ?

Leur échange de paroles se poursuivit à voix basse mais avec fébrilité.

— Tu n'as pas entendu la phrase de papa ? lui reprocha Richard.

Il la répéta, chargeant chaque mot d'une pesante signification :

— « Le café est plus amer que d'habitude. »

Tout d'abord, Lucia sembla ne pas comprendre.

— Le café est plus amer que d'habitude, répéta-t-elle.

Elle regarda un moment Richard d'un air égaré puis poussa soudain un cri d'horreur qu'elle s'empressa aussitôt d'étouffer.

— Tu vois ? souffla Richard. Tu comprends, maintenant ?

Sa voix se fit murmure :

— Il a été empoisonné. Et de toute évidence par un membre de la famille. Tu ne veux pas d'un affreux scandale, n'est-ce pas ?

— Mon Dieu ! articula-t-elle, le regard fixe. Seigneur Jésus ayez pitié !

Richard se tourna vers Poirot et se dirigea vers lui.

— Monsieur Poirot..., commença-t-il avec hésitation.

— Monsieur ? répondit ce dernier, la bienveillance faite homme.

Rassemblant tout son courage, Richard poursuivit :

— J'avoue ne pas très bien comprendre pourquoi ma femme vous a demandé d'enquêter.

Poirot réfléchit un moment avant de répondre, en se fendant de son plus aimable sourire :

— Mettons, si bon vous semble, pour vol de document ? C'est à cause de cela, d'après mademoiselle (il désigna Barbara), qu'on m'a fait venir jusqu'ici.

— Le document en question a été... rendu,

objecta Richard en jetant à Barbara un coup d'œil de reproche.

— Vraiment ? demanda Poirot dont le sourire se fit énigmatique.

Le petit détective retint d'un coup l'attention générale. Il se dirigea vers la table centrale et regarda l'enveloppe qui s'y trouvait toujours, complètement oubliée en raison du choc causé par la mort de sir Claud et de l'agitation qui s'était ensuivie.

— Que voulez-vous dire ? demanda Richard.

Poirot tortilla sa moustache avec emphase et chassa de sa manche un grain de poussière imaginaire.

— Bah ! ce n'est guère qu'une idée qui me trotte par la tête... une idée folle, sans doute, répondit enfin le petit détective. L'autre jour, voyez-vous, quelqu'un m'a raconté une histoire infiniment comique. Celle de la bouteille vide : tout le monde était prêt à jurer ses grands dieux qu'elle était pleine à rabord — or, vérification faite, il n'y avait rien dedans.

— Désolé, mais je ne vous suis pas, gronda Richard Amory.

Poirot s'empara de l'enveloppe, sur la table.

— Je me demandais tout au plus...

Richard lui prit l'enveloppe des mains et regarda à l'intérieur.

— Elle est vide ! s'écria-t-il.

Il la chiffonna, la jeta sur la table et fixa Lucia d'un regard pénétrant. Laquelle s'éloigna.

— Bon, poursuivit-il sur un ton mal assuré,

je suppose que nous allons devoir être fouillés et que nous...

Il laissa sa phrase inachevée et regarda autour de lui comme pour chercher conseil. Il ne lut que désarroi dans les yeux de Barbara et de sa tante, indignation dans ceux d'Edward Raynor, affabilité un tantinet narquoise chez le Dr Carelli. Quant à Lucia, elle persistait à éviter son regard.

— Cet avis qui vous fait défaut, pourquoi ne l'accepteriez-vous pas de moi, cher monsieur ? suggéra Poirot. Et si vous m'en croyez, gardez-vous de toute décision hâtive et ne faites rien jusqu'à l'arrivée du médecin. Dites-moi, fit-il en montrant la porte du cabinet de travail, où va-t-on, par là ?

— Au cabinet de travail de mon père, répondit Richard.

Poirot en gagna le seuil et passa la tête à l'intérieur pour jeter un coup d'œil. Puis il se retourna vers le salon, la mine satisfaite.

— Bien sûr, murmura-t-il.

Puis, s'adressant à Richard :

— Eh bien, très cher monsieur, je ne vois plus la nécessité de retenir quiconque ici.

Il y eut un soupir de soulagement général. Le Dr Carelli fut le premier à se mouvoir.

— Il reste entendu, n'est-ce pas, fit Poirot en le regardant, que personne ne quitte la maison.

— J'y veillerai personnellement, déclara Richard tandis que Barbara et Raynor partaient ensemble, suivis de Carelli.

Caroline Amory s'attarda à côté du fauteuil de son frère.

— Pauvre cher Claud, se murmura-t-elle à elle-même. Pauvre cher Claud.

Poirot s'approcha.

— Courage, mademoiselle. Le choc est rude pour vous, je sais.

Miss Amory le regarda, des larmes au bord des yeux.

— J'ai au moins la consolation d'avoir demandé à la cuisinière de nous servir des soles grillées à dîner. C'était un de ses plats favoris.

Poirot poussa la vaillance jusqu'à conserver un sérieux imperturbable et parvint à répondre sur le même ton empreint de solennité :

— Certes, certes, ce doit être un réel réconfort pour vous, j'en suis sûr.

Il accompagna miss Amory jusqu'à la porte. Richard suivit sa tante, et Lucia, après un moment d'hésitation, s'esquiva à son tour. Poirot et Hastings se retrouvèrent seuls dans la bibliothèque avec le corps de sir Claud.

7

Sitôt la pièce désertée, Hastings, ne tenant plus d'impatience, se précipita sur Poirot :

— Eh bien ! Qu'en pensez-vous ?

— Fermez la porte, je vous prie, mon tout bon, fut la seule réponse qu'il obtint.

Tandis que son ami s'exécutait, Poirot regarda autour de lui avec un lent hochement de tête. Puis il commença à errer de-ci de-là, examinant les meubles en détail, se penchant à l'occasion par terre. Soudain, il se baissa pour examiner la chaise renversée, celle sur laquelle le secrétaire Edward Raynor était assis lors de l'extinction des lumières. En dessous, il ramassa un petit objet.

— Qu'avez-vous trouvé ? lui demanda Hastings.

— Une clé, mon bon ami, répondit Poirot. Une clé qui me semble être celle d'un coffre. J'ai remarqué qu'il y en avait un dans le cabinet de travail de sir Claud. Auriez-vous la bonté de l'essayer et de me dire si elle l'ouvre, Hastings ?

Hastings la lui prit et s'en fut dans le cabinet de travail. Pendant ce temps, Poirot s'approcha du corps du savant, fouilla la poche du pantalon, en sortit un trousseau et examina chaque clé de près. Hastings revint et confirma que l'autre ouvrait effectivement le coffre.

— Je crois deviner ce qui s'est passé, poursuivit Hastings. Sir Claud l'aura laissée tomber, et... euh...

Il s'interrompit. Poirot secouait lentement la tête d'un air dubitatif.

— Non, non, mon bon ami, vous n'y êtes pas. Donnez-la-moi, s'il vous plaît.

Il fronça les sourcils comme quelqu'un qui serait soudain en butte à la perplexité. Il prit la clé précédemment remise à Hastings et la compara à l'une de celles du trousseau qu'il avait extrait de la poche de sir Claud. Puis il remit le trousseau dans la poche du mort et brandit la clé solitaire.

— Ceci, Hastings, mon tout bon, est un double. Exécuté de façon grossière, certes, mais qui a néanmoins rempli son office.

— Ce qui veut dire..., commença Hastings, tout excité.

Il fut interrompu par un geste d'avertissement de Poirot. Une clé tournait dans la serrure de la porte qui menait dans le hall de devant et aux étages supérieurs de la maison. Les deux hommes virent la porte s'ouvrir lentement et Tredwell, le majordome, apparut dans l'encadrement.

— Je vous demande pardon, monsieur, dit-il en pénétrant dans la bibliothèque et en refermant derrière lui. Mon maître m'avait dit de verrouiller les deux issues de cette pièce jusqu'à votre arrivée. Mon maître...

Il s'interrompit en voyant la silhouette inanimée de sir Claud dans le fauteuil.

— Votre maître est mort, fit Poirot. Puis-je vous demander votre nom ?

— Tredwell, monsieur.

Le majordome se dirigea vers le devant de la table-bureau sans quitter le cadavre des yeux.

— Mon Dieu, pauvre sir Claud ! murmura-t-il.

Puis il se tourna vers Poirot.

— Je vous prie de me pardonner, monsieur, mais le choc est si grand ! Puis-je vous demander ce qui est arrivé ? S'agirait-il de... d'un meurtre ?

— Pourquoi cette question ?

Baissant la voix, le majordome murmura :

— Il s'est passé des choses étranges, ce soir.

— Ah ? fit Poirot en échangeant un regard avec Hastings. Parlez-m'en, de ces choses étranges.

— Je ne sais trop par où débuter, monsieur, répondit Tredwell. Je... je crois que j'ai commencé à ressentir une impression bizarre quand le monsieur italien est venu prendre le thé.

— Le monsieur italien ?

— Le Dr Carelli.

— Il est venu prendre le thé de façon impromptue ?

— Oui, monsieur. Et quand miss Amory a vu combien il était ami avec l'épouse de Mr Richard, elle lui a demandé de rester pour dîner. Mais si vous voulez mon avis...

Il s'interrompit et Poirot l'exhorta doucement :

— Oui ?

— J'espère que vous comprendrez, monsieur, qu'il n'entre pas dans mes habitudes de cancaner sur le compte de la famille. Mais puisque mon maître est mort...

Il s'interrompit de nouveau.

— Oui, oui, je comprends, le réconforta Poirot. Je suis sûr que vous lui étiez très attaché.

Tredwell hocha la tête avec componction et Poirot poursuivit :

— Sir Claud m'a fait venir dans le but de me révéler un secret. Vous devez me confier tout ce qui vous vient à l'esprit.

— Alors voilà. À mon avis, répondit Tredwell, Mrs Lucia ne tenait pas du tout à ce que le monsieur italien soit convié au dîner. J'ai bien vu son visage quand miss Amory a lancé l'invitation.

— Quelle est votre impression personnelle sur le Dr Carelli ? demanda Poirot.

— Le Dr Carelli n'est pas des nôtres, monsieur, répondit Tredwell avec hauteur.

Ne saisissant pas très bien la remarque du majordome, Poirot interrogea du regard Hastings qui se détourna pour masquer un sourire. Après avoir lancé à son ami un petit froncement de sourcils réprobateur, Poirot revint au domestique. Lequel restait d'une impassibilité parfaite.

— Aviez-vous trouvé bizarre, s'enquit Poirot, la façon dont le Dr Carelli s'était introduit dans la maison ?

— Précisément, monsieur. Ce n'était, en quelque sorte, pas dans la norme. Et c'est après son arrivée que les ennuis ont commencé. D'abord mon maître qui me prie de vous faire envoyer chercher, et puis qui m'ordonne de fermer les portes à double tour. Avec cela que Mrs Lucia n'a pas été bien de toute la soirée. Elle a dû sortir de table, au cours du dîner. Mr Richard en a été grandement inquiété.

— Ah ! fit Poirot, elle a dû sortir de table ? Est-ce qu'elle est venue dans cette pièce ?

— Oui, monsieur, répondit Tredwell.

Poirot regarda autour de lui. Son œil s'arrêta sur le sac à main que Lucia avait laissé sur la table.

— Une des dames n'a pas repris son sac, à ce que je vois, remarqua-t-il en s'en emparant.

S'étant approché pour l'identifier, Tredwell n'hésita pas :

— C'est celui de Mrs Lucia, monsieur.

— Oui, confirma Hastings. Je l'ai vue le poser là juste avant qu'elle ne sorte.

— Juste avant qu'elle ne sorte, hein ? releva Poirot. Comme c'est curieux !

Il posa le sac sur le canapé, fronça les sourcils et resta immobile, apparemment perdu dans ses pensées.

— À propos de la condamnation des portes, reprit Tredwell après un bref moment de silence, mon maître m'avait précisé que...

S'arrachant soudain à sa rêverie, Poirot interrompit le majordome :

— Oui, oui, il importe que vous m'expliquiez tout cela en détail. Mais allons par là, voulez-vous ? suggéra-t-il en indiquant la porte qui donnait sur le devant de la maison.

Tredwell s'y dirigea, suivi de Poirot, cependant que Hastings déclarait d'un ton important :

— Je crois que je vais m'attarder un peu ici.

Poirot se retourna et le considéra d'un œil narquois.

— Non, non, venez donc, je vous prie.

— Mais ne croyez-vous pas infiniment plus souhaitable que..., commença Hastings.

Poirot l'interrompit cette fois sur un ton solennel et lourd de sous-entendus bien marqués :

— Je ne saurais me priver de votre coopération, mon bon ami.

— Oh ! bon, bien sûr, dans ce cas...

Les trois hommes quittèrent la pièce

ensemble en refermant le battant derrière eux. Quelques secondes à peine plus tard, la porte donnant sur le couloir fut ouverte avec précaution et Lucia entra sur la pointe des pieds. Après un bref regard autour d'elle comme pour s'assurer que personne d'autre ne se trouvait là, elle s'approcha de la table ronde, au centre de la pièce, et saisit la tasse à café de sir Claud. Démentant l'habituelle candeur de ses yeux, une lueur de ruse y passa. Et elle fit soudain beaucoup plus que son âge.

Lucia se tenait encore là, la tasse à la main, hésitant apparemment sur la conduite à tenir, lorsque s'ouvrit l'autre porte, celle qui donnait sur le devant de la maison.

Poirot se découpa sur le seuil.

— Permettez, madame, s'empressa-t-il, provoquant chez Lucia un violent sursaut.

Accourant, il vint lui prendre la tasse des mains d'un geste aussi naturel que s'il avait été dicté par la plus élémentaire politesse.

— Je... je... j'étais revenue chercher mon sac, haleta Lucia.

— Bien sûr, fit Poirot. Attendez, voyons... où donc ai-je vu un sac de dame ? Ah ! oui, là-bas.

Il se dirigea vers le canapé, prit le sac et le tendit à Lucia.

— Merci beaucoup, fit-elle en jetant un regard affolé autour d'elle.

— Mais de rien, madame.

Après un bref sourire nerveux à l'adresse de Poirot, Lucia quitta vivement la pièce. Quand elle fut partie, celui-ci resta un moment immobile, puis reprit la tasse. Après l'avoir reniflée avec précaution, il sortit de sa poche un petit tube à essai, y versa quelques gouttes du restant de café et le reboucha. Puis, une fois le tube à l'abri au fond de sa poche, il parcourut la pièce du regard et compta tout haut les tasses :

— Une, deux, trois, quatre, cinq, six. Oui, six tasses à café.

Un sillon de perplexité commençait à se dessiner entre les sourcils de Poirot lorsque son regard s'anima soudain de cette lueur verte qui dénotait toujours une surexcitation intérieure. Il se précipita vers la porte par laquelle il était arrivé, l'ouvrit, la referma en la faisant claquer bruyamment puis fila vers la porte-fenêtre et se dissimula derrière les rideaux. Quelques instants plus tard, l'autre porte, celle qui donnait sur le couloir, se rouvrit et Lucia, avec plus de précautions que jamais, vigilante à l'extrême, entra. S'arrangeant pour garder les deux portes dans son angle de vision, elle s'empara de la tasse dans laquelle sir Claud avait bu et examina attentivement la pièce.

Son regard s'arrêta, à côté de la porte du hall, sur la petite table qui supportait un immense cache-pot contenant une plante verte. Elle s'en approcha et jeta la tasse à l'envers dans le cache-pot. Puis, l'œil toujours aux aguets, elle prit une des autres tasses et la plaça à côté du corps de sir Claud. Après quoi elle se dirigea vivement vers la porte, mais alors qu'elle l'atteignait, celle-ci s'ouvrit et Richard, son mari, entra avec un autre homme d'une trentaine d'années, très grand, aux cheveux blond roux et au visage qui, bien qu'avenant, semblait empreint d'un air d'autorité. Le nouveau venu portait une sacoche de médecin.

— Lucia ! s'exclama Richard, surpris. Qu'est-ce que tu fais là ?

— Je... j'étais venue rechercher mon sac, expliqua-t-elle. Bonjour, docteur Graham. Excusez-moi.

Elle passa devant eux et se précipita hors de la pièce. Pendant que Richard la regardait s'éloigner, Poirot sortit de derrière les rideaux et s'approcha des deux hommes comme s'il venait d'entrer par l'autre porte.

— Ah ! voici M. Poirot ! s'exclama Richard Amory. Permettez-moi de vous présenter. Monsieur Poirot, voici le Dr Graham... Kenneth Graham.

Poirot et le jeune médecin échangèrent un signe de tête, puis Graham se rendit immédiatement auprès du corps du savant pour l'examiner sous le regard attentif de Richard. Hercule Poirot, auquel ils ne prêtaient plus la moindre attention, se déplaça dans la pièce, recompta les tasses à café d'un air amusé.

— Une, deux, trois, quatre, cinq, murmura-t-il. *Cinq*, voyez-vous ça !

Une lueur de joie pure éclaira son visage. Avec son sourire le plus énigmatique, il tira le tube à essai de sa poche, le contempla et secoua lentement la tête.

Pendant ce temps, le Dr Graham avait achevé l'examen rapide du défunt.

— Je regrette, dit-il à Richard, de ne pouvoir délivrer de certificat de décès. Sir Claud était en parfaite santé et l'hypothèse de la crise cardiaque soudaine me paraît éminemment improbable. Il va nous falloir déterminer ce qu'il a mangé et bu au cours des dernières heures de son existence.

— Bonté divine, Ken, est-ce vraiment nécessaire ? s'insurgea Richard avec une pointe d'anxiété dans la voix. Il n'a rien pris que nous n'ayons mangé et bu nous aussi. Il est absurde de suggérer...

— Je ne suggère pas, l'interrompit Graham, la voix ferme et autoritaire. Je vous dis qu'il devra y avoir enquête judiciaire et que le coroner voudra bien évidemment savoir ce qui a causé la mort de sir Claud. Pour l'instant, cette cause, je ne la connais pas. Je vais donc faire enlever le corps de votre père et demander une autopsie en urgence, demain matin à la première heure. Je devrais être en mesure, plus tard dans la journée, de revenir vous voir avec des éléments indiscutables.

Il quitta la pièce, escorté par Richard qui protestait encore. Poirot les regarda s'éloigner puis laissa éclater sa perplexité en se retournant vers le corps de l'homme qui l'avait fait venir de Londres d'une voix si pressante.

« Que voulais-tu me dire, mon ami ? songea-t-il à part lui. Je me le demande. Que redoutais-tu ? Uniquement le vol de ta formule, ou bien craignais-tu également pour ta vie ? Tu comptais sur Hercule Poirot pour te venir en aide. Tu l'as appelé trop tard, mais il va quand même essayer de découvrir la vérité. »

Secouant la tête d'un air pensif, Poirot s'apprêtait à quitter la pièce lorsque Tredwell apparut sur le seuil.

— J'ai montré sa chambre au monsieur qui

vous accompagne, monsieur. Puis-je vous mener à la vôtre, voisine de la sienne en haut de l'escalier ? J'ai également pris la liberté de vous faire préparer à tous deux un léger souper froid, qui sera sans doute le bienvenu après votre trajet en chemin de fer. Au passage, avant de monter, je vous montrerai la salle à manger.

Poirot inclina la tête en un geste d'acceptation courtoise.

— Merci beaucoup, Tredwell. Au fait, je vais très vivement conseiller à Mr Amory de tenir cette pièce verrouillée jusqu'à ce que nous ayons de plus amples informations sur les pénibles événements de ce soir. Auriez-vous l'amabilité d'y veiller dès que nous en serons sortis ?

— Certainement, monsieur, si tel est votre désir, répondit Tredwell tandis que Poirot le précédait hors de la bibliothèque.

8

Après une longue nuit passée à dormir comme un bienheureux, Hastings se trouva seul dans la vaste salle à manger lorsqu'il descendit pour un petit déjeuner tardif le lendemain matin. Il apprit de la bouche de Tredwell qu'Edward Raynor avait pris le sien beaucoup plus tôt avant de retourner dans sa chambre classer quelques-uns des papiers de sir Claud ; que Mr et Mrs Amory l'avaient pris dans leurs appartements et n'avaient pas encore fait leur apparition ; que Barbara Amory avait emporté une tasse de café dans le jardin où elle se dorait probablement encore au soleil. Arguant d'un léger mal de tête, miss Caroline Amory se l'était quant à elle fait porter dans sa chambre, et il ne l'avait pas revue depuis.

— Et M. Poirot, Tredwell, vous l'avez aperçu, ce matin ? s'enquit Hastings.

Il lui fut répondu que son ami s'était levé tôt et avait décidé de se rendre à pied au village.

— J'ai cru comprendre que M. Poirot avait à faire là-bas, ajouta Tredwell.

Après un plantureux petit déjeuner de bacon, saucisses, œufs, toasts et café, Hastings rejoignit sa confortable chambre du premier étage qui offrait une vue splendide sur le parc et, pendant quelques longues minutes qu'il jugea tout spécialement gratifiantes, sur Barbara qui s'exposait aux doux rayons du soleil matinal. Ce n'est qu'une fois qu'elle eut regagné la maison que Hastings s'installa dans un fauteuil avec le *Times* du matin, lequel avait bien évidemment été trop tôt mis sous presse pour pouvoir annoncer la mort de sir Claud Amory survenue la veille au soir.

Il l'ouvrit à la page de l'éditorial et se plongea dans sa lecture. Une bonne demi-heure plus tard, il s'éveilla d'un léger somme pour découvrir Hercule Poirot debout à côté de lui.

— Ah ! très cher, vous travaillez dur à notre affaire, à ce que je vois ! s'exclama le détective avec un petit rire.

— En fait, oui, balbutia Hastings. Je réfléchissais depuis un bon moment aux événements de la nuit dernière, et j'ai dû m'assoupir.

— Et pourquoi pas, mon tout bon ? le rassura Poirot. Moi aussi, j'ai réfléchi à la mort de sir Claud, ainsi bien sûr qu'au vol de son importantissime formule. Je suis d'ailleurs déjà entré en action, et j'attends d'une minute à l'autre un message téléphonique qui me dira si certain soupçon que je nourris est ou non fondé.

— Qui ou quoi suspectez-vous ? demanda avidement Hastings.

Poirot regarda par la fenêtre avant de répondre.

— Non, conclut-il enfin, je ne crois pas devoir vous révéler cela à ce moment de la partie, mon bon et excellent ami. Mettons tout au plus que, comme les prestidigitateurs aiment à le répéter sur scène, la rapidité de la main trompera toujours l'œil le plus averti.

— Franchement, Poirot, s'emporta Hastings, c'est fou ce que vous savez parfois vous montrer exaspérant. J'estime que vous pourriez au moins me dire qui vous soupçonnez d'avoir volé la formule. Après tout, je pourrais vous aider à...

Poirot l'arrêta d'un geste aérien de la main. Le petit détective affichait à présent son expression la plus innocente et regardait au loin par la fenêtre d'un air méditatif.

— Vous êtes intrigué, Hastings ? demanda-t-il. Vous vous étonnez que je ne me lance pas à la poursuite d'un suspect ?

— Euh... il y a de cela, reconnut le capitaine.

— Je ne doute pas que vous le feriez si vous

étiez à ma place, convint Poirot au comble de la suffisance. Je le comprends. Mais je ne suis pas de ceux qui aiment à courir en tous sens, à chercher une aiguille dans une botte de foin, comme vous dites, vous autres Anglais. Pour le moment, je me contente d'attendre. Et pourquoi attends-je ? Eh bien parce que certaines choses sont parfois limpides pour l'intelligence d'Hercule Poirot alors qu'elles ne le sont pas le moins du monde pour ceux qui ne jouissent pas des mêmes immenses facultés.

— Sacré nom d'une pipe, Poirot ! manqua s'étrangler Hastings. Je vous assure que je serais souvent prêt à donner une somme considérable pour vous voir — ne serait-ce qu'une fois — vous casser le nez et devenir la risée universelle. Vous êtes si irrémédiablement infatué de vous-même !

— Ne vous mettez pas en colère, Hastings, mon très cher, répondit Poirot sur un ton apaisant. En vérité, je m'aperçois qu'il y a des moments où vous semblez presque me détester. Hélas, c'est la rançon de la grandeur !

Le petit homme gonfla la poitrine et poussa un soupir si comique que Hastings ne put s'empêcher de rire.

— Poirot, je n'ai jamais vu personne posséder si haute opinion de soi.

— Que voulez-vous, fit Poirot avec suffisance, quand on est unique, on finit toujours par le savoir. Mais revenons à nos moutons, mon bien-aimé Hastings. Et laissez-moi vous confier que j'ai demandé au fils de sir Claud, Mr Richard Amory, de nous retrouver dans la bibliothèque à midi. Je dis « nous », Hastings, car j'ai besoin que vous, mon fidèle ami, soyez là pour observer les choses de près.

— Comme toujours, je serai ravi de vous assister, Poirot, l'assura le vaillant capitaine.

*

À midi pile, Poirot, Hastings et Richard Amory se retrouvèrent dans la bibliothèque d'où le corps de sir Claud avait été enlevé la veille en fin de soirée. Cependant que Hastings — depuis le poste d'observation confortable que lui offrait le canapé profond — se mettait en devoir d'écouter, le détective demanda à Richard Amory de raconter dans le détail les événements précédant son arrivée à lui, Poirot. Quand il eut terminé son récit, Richard, assis derrière la table-bureau sur la chaise que son père avait occupée la nuit passée, ajouta :

— Bon, c'est à peu près tout, je crois. J'espère avoir été clair ?

— Parfaitement, monsieur Amory, parfaitement, répondit Poirot, appuyé contre un des accoudoirs du seul fauteuil de la pièce. Vous m'avez tracé là un tableau très clair.

Fermant les yeux, il essaya de se représenter le tableau en question.

— Sir Claud est assis là et domine la situation. Puis l'obscurité se fait, et enfin on frappe à la porte. Oui, vraiment, c'est une petite scène très dramatique.

— Eh bien, hasarda Richard en faisant mine de se lever, si c'est là tout ce que...

— Rien qu'une petite minute encore, le coupa Poirot avec un geste pour le retenir.

— Ma femme, Lucia. Elle ne s'était pas sentie bien de toute la soirée.

Le ton de Poirot exprima aussitôt toute la commisération du monde.

— La pauvre ! J'espère qu'elle se porte mieux ce matin ? Il est un ou deux points que je souhaite impérativement éclaircir avec elle.

— Je crains que ce ne soit tout à fait impossible. Elle n'est pas en état de recevoir quiconque ni de répondre à des questions. De toute façon, il n'est rien qu'elle puisse vous dire que je ne vous aie déjà dit.

— Je n'en disconviens pas, je n'en disconviens pas, se défendit Poirot. Seulement voyez-vous, les femmes, monsieur Amory, possèdent, au niveau du détail, une fabuleuse faculté d'observation qui n'appartient qu'à elles. Mais, bon, nul doute que votre tante, miss Amory, fasse aussi bien l'affaire.

— Elle est alitée, se hâta de préciser Richard. La mort de mon père a été plus qu'elle n'en pouvait supporter.

— Oui, je vois, murmura Poirot, songeur.

Il y eut un silence. Manifestement mal à l'aise, Richard se leva et se tourna vers la porte-fenêtre.

— Aérons un peu, décréta-t-il. Il fait très chaud, ici.

— Ah ! vous êtes comme tous les Anglais, sourit Poirot. Le bon air frais du dehors, vous ne le laissez pas dehors. Non ! Il vous faut, à vous autres, le faire entrer dans la maison.

— Vous n'y voyez pas d'inconvénient, j'espère ?

— Moi ? Bien sûr que non. J'ai fait miennes

toutes les habitudes anglaises. Où que j'aille, on me prend désormais pour un autochtone. Mais excusez-moi, monsieur Amory, cette fenêtre n'est-elle pas verrouillée par une sorte d'ingénieux système de blocage ?

— En effet, répondit Richard, mais la clé se trouve sur le trousseau de mon père que j'ai ici.

Sortant un trousseau de sa poche, il se dirigea vers la porte-fenêtre et défit le loquet avant d'ouvrir en grand.

Poirot alla s'installer sur le tabouret, le plus loin possible de la porte-fenêtre et de l'air frais, puis frissonna tandis que Richard prenait une profonde inspiration et restait un moment immobile à regarder dans le parc avant de revenir vers Poirot avec l'expression de quelqu'un qui a pris une décision.

— Monsieur Poirot, préluda Richard Amory, je n'irai pas par quatre chemins. Je sais que mon épouse vous a supplié hier au soir de rester, mais, bouleversée et au bord de la crise de nerfs comme elle l'était, c'est à peine si elle savait ce qu'elle faisait. C'est moi, au premier chef, qui suis concerné par ce deuil et, je vous le dis en toute franchise, je me moque éperdument de la formule. Mon père était un homme riche. Sa nouvelle découverte devait rapporter encore beaucoup d'argent à la famille, mais je n'ai pas besoin de plus que ce que je possède déjà et loin de moi l'idée de prétendre partager son enthousiasme en matière d'explosifs. Il n'y en a déjà que trop de par le monde.

— Je vois, murmura Poirot, songeur.

— Ce que j'entends par là, continua Richard, c'est que nous devrions oublier au plus vite toute cette affaire.

Poirot arqua les sourcils en un geste familier de surprise.

— Vous préféreriez que je m'en aille ? Que je cesse mes investigations ?

— Oui, c'est cela, fit Richard, mal à l'aise et se détournant à demi de Poirot.

— Mais, persista le détective, quiconque a dérobé la formule ne l'a pas fait pour ne pas s'en servir.

— Non, reconnut Richard.

Il refit de nouveau face à Poirot.

— Mais il n'empêche quand même que...

— Ainsi, fit Poirot sur un ton lent et en pesant ses mots, vous accepteriez la — comment dirais-je ? — la flétrissure ?

— La flétrissure ? s'écria Richard d'une voix cassante.

— Cinq personnes, lui expliqua Poirot, cinq personnes ont eu la possibilité de voler la formule. Jusqu'à ce que l'une d'entre elles soit reconnue coupable, les quatre autres ne peuvent être proclamées innocentes.

Tredwell était entré dans la pièce pendant que Poirot parlait. Richard commençait à bredouiller « Je... c'est à dire que... » de façon indécise lorsque le majordome l'interrompit.

— Pardonnez-moi, monsieur, fit-il à son nouveau maître, mais le Dr Graham est ici et désire vous parler.

— J'arrive tout de suite, lui répondit Richard, manifestement ravi de cette occasion de se soustraire aux questions du détective.

Le jeune homme se dirigea vers la porte puis se tourna cérémonieusement vers Poirot.

— Si vous voulez bien m'excuser...

Sur quoi, il s'en fut avec Tredwell.

Sitôt les deux hommes partis, Hastings bondit du canapé et se précipita vers Poirot, laissant libre cours à une excitation trop longtemps contenue.

— Vous m'en direz tant ! vociféra-t-il. Le poison, hein ?

— Comment cela, mon cher Hastings ? demanda Poirot.

— Le poison, ou je ne m'y connais pas ! répéta le capitaine en hochant vigoureusement la tête.

9

Poirot considéra son ami avec une lueur d'amusement au fond des yeux.

— Que vous êtes donc théâtral, mon tout bon ! Avec quelle rapidité, avec quel brio vous sautez aux plus hardies des conclusions !

— Allons ! Poirot, protesta Hastings, vous ne vous en tirerez pas encore une fois avec une pirouette. Et vous ne me ferez pas croire que vous pensez que le vieux est mort d'une crise cardiaque. Ce qui s'est passé hier soir saute littéralement aux yeux. Mais Richard Amory ne doit pas être bien malin. La possibilité du poison ne semble pas lui avoir effleuré l'esprit.

— Vous pensez que non, mon bon ami ?

— Je l'ai remarqué hier soir, quand le Dr Graham a annoncé qu'il ne pouvait pas donner de certificat de décès et qu'il devrait y avoir autopsie.

Poirot émit un petit soupir.

— Oui, oui, fit-il sur le ton de l'apaisement. Et ce sont les résultats de cette autopsie que le Dr Graham vient apporter ce matin. Nous saurons donc dans quelques minutes si vous avez raison ou non.

Poirot semblait sur le point d'ajouter quelque chose, mais il se retint. Et, se dirigeant vers la cheminée, il entreprit de rectifier, sur le manteau de celle-ci, l'alignement du vase contenant les longs allume-feu de papier jusqu'à lui trouver la disposition adéquate.

Hastings le regarda faire d'un œil affectueux.

— Vraiment, Poirot, s'attendrit-il, qui plus que vous fut-il jamais un tel maniaque de l'ordre !

— N'est-ce pas mieux ainsi ? s'inquiéta le petit Belge, la tête penchée de côté et considérant son œuvre.

— Je n'irai pas jusqu'à prétendre qu'un éventuel défaut de symétrie m'ait grandement tracassé jusqu'à présent, s'esclaffa Hastings.

— Méfiez-vous, fit Poirot en agitant un index sévère. La symétrie, il n'y a que cela de vrai. Tout ne devrait être qu'ordre et méthode — surtout dans les petites cellules grises, fit-il en se tapotant le crâne.

— Allons, n'enfourchez pas tous vos dadas favoris à la fois, le supplia Hastings. Dites-moi seulement ce que vos précieuses cellules grises tirent de cette affaire.

Avant que de répondre, Poirot se dirigea vers le canapé et s'y assit. Puis il regarda fixement Hastings et ses yeux s'étrécirent comme ceux d'un chat jusqu'à ne plus montrer qu'une fente verte.

— Si vous utilisiez les vôtres, de cellules grises, et essayiez de considérer l'affaire dans son ensemble avec clarté comme j'essaie moi-même de le faire, peut-être percevriez-vous la vérité, mon excellent ami, énonça-t-il avec suffisance. Mais bon, fit-il sur un ton d'infinie magnanimité, prêtons quand même, avant que le Dr Graham n'arrive, une oreille attentive aux élucubrations de mon très cher ami Hastings.

— Eh bien voilà ! fonça tête baissée le capitaine. Cette clé trouvée sous la chaise du secrétaire, c'est bougrement louche.

— Le pensez-vous réellement, Hastings, mon tout bon ?

— Et comment ! répondit ce dernier. On ne peut plus louche. Et, sans aller chercher midi à quatorze heures, je vous dirai tout de suite que je parie pour l'Italien.

— Ah ! fit Poirot. Le mystérieux Dr Carelli...

— Mystérieux est le mot qui convient, et plutôt deux fois qu'une ! renchérit Hastings. Qu'est-ce qu'il fait ici, perdu en rase campagne ? Je vais vous le dire, moi ! Il court après la formule de sir Claud. C'est presque certainement l'envoyé d'un gouvernement étranger. Vous voyez ce que cela sous-entend.

— Bien sûr, que je le vois, confirma Poirot

avec un sourire. Il m'arrive d'aller au cinéma, vous savez.

— Et s'il s'avère que sir Claud a bel et bien été empoisonné...

Hastings était à présent lancé.

— Si cela s'avère, cela fait plus que jamais de Carelli le suspect numéro un. Vous vous rappelez les Borgia ? Le poison est la spécialité n° 1 du meurtre à l'italienne. Et ce que je redoute au plus haut point, c'est qu'il parvienne à s'en aller avec la formule en sa possession.

— Il ne le fera pas, mon tout bon, affirma Poirot en secouant la tête.

— Comment diable pouvez-vous en être aussi sûr ?

Poirot se laissa aller contre le dossier de son siège et joignit les extrémités de ses doigts de la façon qui lui était si familière.

— Je ne sais pas au juste, Hastings, reconnut-il. Je ne peux, bien entendu, en être sûr à mille pour cent. Mais j'ai néanmoins ma petite idée sur la question.

— Que voulez-vous dire ?

— Où croyez-vous donc que cette formule se trouve à l'heure actuelle, ô, vous le plus éclairé des collaborateurs ? demanda Poirot.

— Comment le saurais-je ?

Poirot dévisagea un moment Hastings, comme s'il laissait à son ami le temps d'étudier tous les aspects du problème.

— Réfléchissez, mon bon, fit-il, encourageant. Mettez vos idées en place. Soyez méthodique. Ordonné. C'est la clé universelle du succès.

Quand il vit Hastings secouer la tête d'un air confondu, Poirot essaya de lui tendre une perche.

— Il n'y a qu'un seul endroit possible.

— Et lequel, sacrebleu ? s'emporta Hastings au comble de l'irritation.

— Cette pièce, bien sûr ! triompha Poirot, le visage tout entier transfiguré par un sourire de délectation.

— Cette pièce ?

— Mais oui, Hastings. Considérez seulement les faits. Nous savons par ce brave Tredwell que sir Claud a pris certaines précautions pour éviter que la formule ne sorte d'ici. Quand il fait son annonce-surprise sur l'imminence de notre arrivée, le voleur a donc certainement encore la formule en sa possession. Quelle solution lui reste-t-il ? Il ne peut risquer qu'on la découvre sur lui en ma présence. Alors de deux choses l'une. Soit il la restitue de la façon que propose sir Claud, soit il la cache quelque part en profitant de la fameuse minute d'obscurité totale. Puisqu'il n'a pas choisi la première solution, c'est qu'il a opté pour la seconde. Cela va de soi ! Il est donc évident pour moi que la formule est cachée quelque part dans cette pièce.

— Saperlipopette, Poirot ! s'enthousiasma Hastings, vous devez avoir raison ! Cherchons-la !

Il bondit de son siège et se précipita vers la table-bureau.

— Faites donc, si cela vous chante, sourit Poirot, condescendant. Mais il est quelqu'un qui pourra la trouver encore plus facilement que vous.

— Tiens donc ! Et qui ça ?

Poirot tortilla sa moustache avec emphase.

— Parbleu, mais la personne qui l'y a cachée, mon très cher ! s'écria-t-il, accompagnant sa déclaration d'un geste qui eût davantage convenu à un prestidigitateur sortant un lapin de son chapeau plutôt qu'à un policier à la retraite se flattant, où qu'il se montre, d'y passer pour un Anglais.

— Vous voulez dire que...

— Je veux dire, expliqua patiemment Poirot à son compère que, tôt ou tard, le voleur essaiera de récupérer son butin. Vous ou moi devrons donc en permanence demeurer vigilant et...

Entendant le bruit de la porte qu'on ouvrait avec précaution, il laissa sa phrase en suspens et fit signe à Hastings de le rejoindre à côté du phonographe, hors du champ de vision direct de quiconque pénétrerait dans la pièce.

10

Le battant pivota sur ses gonds et Barbara Amory entra avec circonspection. Elle prit une chaise, la plaça devant la bibliothèque, grimpa dessus et tendit la main pour attraper la boîte en fer-blanc contenant les produits pharmaceutiques. À ce moment précis, Hastings ne put retenir un éternuement sonore et Barbara, avec un sursaut de frayeur, lâcha ce qu'elle tenait.

— Oh ! s'exclama-t-elle, ne sachant plus où se mettre. Et moi qui croyais qu'il n'y avait personne !

Hastings se précipita pour ramasser la boîte, que Poirot réquisitionna d'autorité.

— Permettez-moi, mademoiselle, fit le détective. Je suis sûr que ceci est trop lourd pour vous.

Il alla poser la boîte en fer-blanc sur la table.

— S'agirait-il d'une modeste collection à laquelle vous vous adonnez ? Des œufs d'oiseaux ? Des coquillages, peut-être ?

— C'est hélas beaucoup plus prosaïque, monsieur Poirot, répondit Barbara avec un petit rire nerveux. Rien que des pilules et des poudres médicinales !

— Allons ! déplora Poirot, ne me dites pas qu'une personne aussi jeune, aussi pleine de santé et de vigueur que vous semblez l'être pourrait avoir besoin de ce genre d'attrape-nigauds ?

— Oh ! ce n'est pas pour moi, assura-t-elle. C'est pour Lucia. Elle a un mal de tête atroce, ce matin.

— La pauvre, s'émut Poirot, la voix baignée de compassion. C'est donc elle qui vous a envoyée chercher ces pilules ?

— Oui, répondit Barbara. Je lui ai donné deux cachets d'aspirine, mais elle voulait quelque chose de plus fort et d'un effet plus immédiat. Je lui ai alors promis de lui rapporter la boîte au grand complet — s'il n'y avait personne aux alentours, bien entendu.

— S'il n'y avait personne aux alentours..., répéta Poirot d'un air pensif en pesant des deux mains sur le coffret. Qu'il y eût quelqu'un ou pas, quelle importance cela pouvait-il bien avoir, mademoiselle ?

— Vous savez ce que c'est, dans une maison comme celle-ci, hasarda Barbara. Et que je t'épie, et que je me mêle de ce qui ne me regarde pas, et que je te fasse des embrouilles pour un rien ! Tante Caroline, par exemple, caquette toujours dans tous les coins comme une vieille poule couveuse qui aurait égaré ses poussins ! Quant à Richard, il est aussi pénible qu'inefficace, comme les hommes le sont neuf fois sur dix lorsque quelqu'un est mal en point.

Poirot hocha la tête d'un air convaincu.

— Je comprends, je comprends, dit-il à Barbara comme s'il acceptait son explication alambiquée.

Il passa les doigts sur le couvercle de la boîte de produits pharmaceutiques, puis regarda aussitôt ses mains. Il resta ainsi un moment, émit un raclement de gorge quelque peu affecté et poursuivit :

— Savez-vous, chère petite mademoiselle, que vous avez beaucoup de chance avec vos domestiques ?

— Que voulez-vous dire ? demanda Barbara.

Poirot lui montra la boîte en fer-blanc.

— Voyez vous-même : pas l'ombre d'un grain de poussière. Se donner la peine de monter sur une chaise pour épousseter jusque là-haut — tous les employés de maison ne seraient pas aussi consciencieux.

— C'est vrai, reconnut-elle. J'ai trouvé ça étonnant, hier soir, qu'elle ne soit pas couverte de poussière.

— Vous avez descendu cette boîte de médicaments hier soir ?

— Oui, après dîner. Elle est bourrée de vieux surplus d'hôpital.

— Voyons un peu ça, proposa Poirot en ouvrant la boîte.

Il en sortit quelques tubes, les leva à hauteur de ses yeux et arrondit les sourcils d'un air théâtral.

— Strychnine, atropine... jolie petite collection. Tiens ! voilà même un tube de scopolamine, mais presque vide, celui-là !

— Quoi ? s'écria Barbara. Ils étaient tous pleins, hier soir. J'en suis sûre.

— Regardez, fit Poirot en lui montrant le tube avant de le replacer dans la boîte. C'est très curieux. Vous dites que toutes ces petites... — comment appelez-vous ça, des fioles, non ? — ... que toutes ces fioles étaient pleines ? Tous ces tubes également ? À quel endroit exact se trouvait cette boîte de médicaments hier au soir, mademoiselle ?

— Eh bien une fois descendue, nous l'avons posée sur cette table, le renseigna-t-elle. Le Dr Carelli a même examiné les produits en faisant des commentaires à leur sujet, et...

Elle s'interrompit car Lucia entrait dans la pièce. La femme de Richard Amory parut surprise de voir les deux hommes. À la lumière du jour, son visage semblait marqué par les soucis et ses lèvres avaient un pli mélancolique. Barbara se précipita à sa rencontre.

— Oh ! ma chérie, tu n'aurais pas dû te lever. J'allais justement remonter chez toi.

— Mon mal de tête va beaucoup mieux, Barbara, répondit Lucia, les yeux fixés sur Poirot. Je suis descendue parce que je voudrais parler à M. Poirot.

— Mais, ma puce, tu ne crois pas que tu devrais...

— S'il te plaît, Barbara.

— Bon, très bien, c'est toi qui vois, répondit cette dernière en se dirigeant vers la porte que Hastings se précipita pour lui ouvrir.

Quand elle fut sortie, Lucia alla se laisser tomber sur une chaise.

— Monsieur Poirot..., commença-t-elle.

— Tout à votre service, madame, s'empressa courtoisement le petit Belge.

Lucia parla d'une voix hésitante et qui tremblait un peu.

— Monsieur Poirot, je vous ai présenté hier au soir une requête. Je vous ai demandé de prolonger votre séjour ici. Je... je vous ai même supplié de le faire. Ce matin, je me rends soudain compte que j'ai commis une erreur.

— En êtes-vous sûre, madame ? s'enquit doucement Poirot.

— Certaine. J'étais souffrante, la nuit dernière, à bout de nerfs. Je vous remercie d'avoir accédé à ma prière, mais il est maintenant préférable que vous partiez.

« Ah ! c'est comme ça », marmonna à part lui Poirot avant de répondre sur un ton neutre :

— Je comprends, très chère madame.

Se levant, Lucia lui jeta un regard anxieux avant de s'enquérir :

— C'est donc entre nous une affaire réglée, n'est-ce pas ?

— Pas tout à fait, madame, la détrompa Poirot en faisant un pas vers elle. Ne vous rappelez-vous donc rien ? Vous m'aviez exprimé vos doutes quant à la mort naturelle de votre beau-père.

— J'étais à deux doigts de l'hystérie, hier au soir. Je ne savais plus ce que je disais.

— Vous êtes donc à présent convaincue, insista Poirot, que sa mort était après tout bien naturelle ?

— Absolument, décréta Lucia.

Les sourcils de Poirot se haussèrent quelque peu. Il dévisagea la jeune femme en silence.

— Pourquoi me regardez-vous ainsi ? l'interrogea Lucia avec appréhension.

— Parce que, madame, s'il est parfois difficile de mettre un chien limier sur la piste, il l'est encore bien davantage de la lui faire abandonner une fois qu'il en a humé l'odeur. À plus forte raison s'il s'agit d'un bon chien. Or, moi, madame, moi, Hercule Poirot, je suis un très bon chien !

L'état d'agitation de Lucia ne fit que croître et embellir.

— Oh ! mais il faut que vous partiez, il le faut vraiment ! Je vous en supplie, je vous en conjure. Vous ne savez pas quel mal vous pourriez faire en restant !

— Du mal ? À vous, madame ?

— À nous tous, monsieur Poirot. Je ne puis vous expliquer davantage, mais je vous supplie de me croire sur parole. Dès le premier regard, j'ai eu confiance en vous. Alors je vous implore...

Elle s'interrompit net. La porte venait de s'ouvrir et Richard, l'air aux cent coups, entra, accompagné du Dr Graham.

— Lucia ! s'écria son mari aussitôt qu'il l'aperçut.

— Richard, qu'y a-t-il ? s'écria-t-elle, épouvantée, en se précipitant à son côté. Que s'est-il passé ? Il est arrivé du nouveau, je le sais, je le sens, je le devine à ton visage. Qu'est-ce que c'est ?

— Rien, ma chérie, répondit-il en essayant d'adopter un ton rassurant. Cela t'ennuierait-il de nous laisser un moment ?

Elle chercha à déchiffrer le secret enfoui derrière les traits fermés de son mari.

— Crois-tu que je ne sois pas capable de..., commença-t-elle.

Mais elle s'interrompit quand elle vit Richard marcher vers la porte et la lui ouvrir.

— S'il te plaît, insista-t-il.

Avec un dernier regard en arrière dans lequel se lisait distinctement la peur ou à tout le moins ses prémices, Lucia quitta la pièce.

11

Après avoir posé sa sacoche de médecin sur la table basse, le Dr Graham se dirigea vers le canapé et s'assit.

— Je crains bien que nous ne soyons dans

de sales draps, monsieur Poirot, annonça-t-il au détective.

— Dans de sales draps, dites-vous ? releva Poirot. Avez-vous découvert ce qui a causé la mort de sir Claud ?

— Empoisonnement par un puissant alcaloïde végétal, déclara Graham.

— Tel que la scopolamine, par exemple ? suggéra Poirot en prenant la boîte de médicaments sur la table.

— Eh bien oui, très exactement, répondit le Dr Graham, un peu étonné que le détective soit tombé aussi juste.

Reprenant la boîte de médicaments, Poirot s'en fut la déposer sur la table du phonographe, de l'autre côté de la pièce où Hastings ne tarda pas à venir le retrouver cependant que Richard Amory rejoignait le médecin sur le canapé.

— Qu'est-ce que tout cela va impliquer ? demanda-t-il à Graham.

— D'abord, l'entrée en scène de la police, répondit celui-ci du tac au tac.

— Mon Dieu ! s'exclama Richard. C'est effroyable. Vous ne pouvez pas passer cela sous silence ?

Le Dr Graham fixa Richard Amory d'un regard qui ne cillait pas avant de parler, d'une voix lente et déterminée :

— Mon cher Richard, croyez-moi, nul ne pourrait être plus peiné, plus chagriné que moi par cet affreux malheur. D'autant que, vu les circonstances, il semble peu probable que le poison ait été auto-administré.

Richard fut contraint de laisser quelques

secondes s'écouler avant de parvenir à articuler le moindre mot.

— Vous voulez dire qu'il s'agirait d'un... d'un meurtre ? demanda-t-il d'une voix entrecoupée.

Graham se contenta d'un hochement de tête solennel.

— Un meurtre ! répéta Richard. Mais que diable allons-nous faire ?

Optant pour un style incisif et strictement factuel, le Dr Graham résuma la procédure qui allait suivre.

— J'ai prévenu le coroner. L'enquête judiciaire se tiendra demain. Au *King's Arms*.

— Et... et vous êtes sûr que... que la police devra intervenir ? Il n'y a pas de... d'échappatoire envisageable ?

— Aucune, Richard. Mettez-vous bien ça dans la tête.

La nervosité du jeune homme grimpa d'un cran.

— Mais pourquoi ne m'avez-vous pas prévenu que...

— Allons, Richard, l'interrompit Graham, reprenez-vous. Je me suis borné à prendre les mesures que j'estimais impératives, comprenez-le. Dans les affaires de ce genre, on ne saurait se permettre la moindre perte de temps.

— Mon Dieu ! grinça encore Richard.

Le Dr Graham poursuivit d'une voix radoucie :

— Je sais, Richard. Je vous comprends. Le traumatisme que vous a causé la mort de votre père à quoi s'ajoute le nouveau choc de cette révélation... Tout cela doit être terrible pour vous. Mais il est certains détails que je suis en devoir de vous demander. Vous sentez-vous en état de répondre à quelques questions ?

Richard effectua sur lui-même un effort manifeste.

— Que voulez-vous savoir ?

— Primo, quels éléments solides et quelles boissons votre père a-t-il absorbés au cours du dîner d'hier soir ?

— Attendez... nous avons tous mangé la même chose. Potage, sole grillée, côtelettes... et nous avons fini par une salade de fruits.

— Et qu'avez-vous bu ? continua le Dr Graham.

Richard réfléchit un moment avant de répondre :

— En ce qui concerne mon père et ma tante : du bourgogne. Raynor aussi, je crois. Moi, je suis resté au whisky soda. Quant au Dr Carelli... oui, il s'en est tenu au vin blanc pendant tout le repas.

— Ah ! oui, le mystérieux Dr Carelli, marmonna Graham. Excusez-moi, Richard, mais que savez-vous au juste de ce monsieur ?

Curieux d'entendre la réponse de Richard Amory, Hastings se rapprocha des deux hommes.

— Je ne sais strictement rien sur son compte, déclara Richard. Pas plus tard qu'hier matin, j'ignorais jusqu'à son existence.

— Mais c'est un ami de votre femme ? demanda le médecin.

— Ça en a tout l'air.

— Le connaît-elle intimement ?

— Oh ! non, j'ai l'impression que c'est une simple connaissance.

Graham émit un petit clappement de langue et secoua la tête.

— Vous ne l'avez pas laissé quitter la maison, j'espère ?

— Bien évidemment non. J'ai pris soin de lui signifier hier soir que, tant que cette histoire ne serait pas tirée au clair — celle de la formule volée, veux-je dire —, il serait préférable pour lui de rester auprès de nous. J'ai même envoyé quelqu'un chercher ses bagages à l'auberge où il était descendu pour les lui rapporter ici.

— Et il n'a pas le moins du monde protesté ? s'étonna quelque peu Graham.

— Non. Il a même, au contraire, accepté avec empressement.

— Hum ! se borna à commenter Graham.

Il regarda autour de lui.

— Bon, et cette pièce, maintenant ?

Poirot rejoignit les deux hommes.

— Les portes ont été verrouillées hier au soir par Tredwell, le majordome, assura-t-il à Graham, et les clés m'ont été remises. Rien n'a été bougé, à l'exception des chaises, comme vous pouvez le constater.

Graham regarda la tasse à café, sur la table, et la désigna du doigt.

— C'est celle-là ?

Il s'approcha, prit la tasse et la renifla.

— Richard, c'est là-dedans que votre père a bu son café ? Je vais l'emporter. Elle devra être analysée.

Il revint vers la table basse avec la tasse incriminée et ouvrit sa sacoche.

Richard bondit sur ses pieds.

— Vous n'allez tout de même pas supposer...

Le souffle court, il ne put achever.

— Il paraît fort improbable, lui expliqua Graham, que le poison ait été administré pendant le dîner. L'explication la plus plausible est que la scopolamine ait été ajoutée à son café.

— Je... Je..., tenta d'articuler Richard en faisant un pas vers le jeune médecin.

Puis il s'arrêta avec un geste de désespoir, pivota sur ses talons et sortit brusquement par la porte-fenêtre pour gagner le jardin.

Graham extirpa de sa sacoche une petite boîte en carton garnie d'ouate et y rangea avec précaution la tasse tout en s'adressant à Poirot :

— Sale affaire. Mais la réaction de Richard ne m'étonne qu'à moitié. Les journaux vont faire des gorges chaudes de l'amitié de sa femme pour ce médecin italien. Et la boue, ça vous colle aux basques, monsieur Poirot, ça vous colle aux basques. La pauvre femme ! Elle est sans doute innocente comme l'agneau qui vient de naître. C'est à coup sûr cet individu qui aura trouvé un motif crédible pour entrer en relation avec elle. Ces étrangers... Ils connaissent toutes les ficelles. Je sais que je ne devrais pas parler ainsi et m'en tenir en somme à des idées préconçues, mais qu'envisager d'autre ?

— Vous estimez que c'est là une évidence et

qu'elle saute aux yeux, n'est-ce pas ? lui demanda Poirot tout en échangeant un regard avec Hastings.

— Oui, expliqua Graham, car enfin l'invention de sir Claud était de grande valeur et l'est encore plus que jamais. Cet étranger, dont personne ne sait rien, débarque ici comme en terrain conquis. Un Italien... Sir Claud est mystérieusement empoisonné...

— Ce n'est que trop vrai ! Où donc avais-je la tête ? sourit Poirot. Les Borgia !

— Je vous demande pardon ? fit le médecin, interloqué.

— Oh ! rien, rien, éluda Poirot.

Le Dr Graham ramassa sa sacoche et s'apprêta à partir.

— Bon, il faut que je me dépêche. Mes patients...

Il tendit la main à Poirot qui la lui serra avec effusion.

— Au revoir, mon cher docteur... Et ce « revoir » ne saurait sans doute tarder.

Sur le seuil, Graham se retourna.

— À bientôt, monsieur Poirot. Vous voudrez bien veiller à ce que personne ne touche quoi que ce soit dans cette pièce jusqu'à l'arrivée de la police, n'est-ce pas ? C'est de la plus extrême importance.

— Très volontiers. J'en fais une affaire personnelle, lui assura Hercule Poirot.

Le médecin sortit en refermant la porte derrière lui.

— Entre nous, Poirot, commenta Hastings mi-figue mi-raisin, je n'aimerais pas être malade dans cette maison. D'abord parce qu'il semble qu'un empoisonneur s'y promène, et puis parce que ce jeune toubib ne m'inspire guère confiance.

Poirot adressa à Hastings une œillade amusée.

— Espérons que nous serons partis avant que de tomber malades, mon tout bon.

Puis il marcha vers la cheminée et pressa le bouton de sonnette.

— Et maintenant, Hastings, au travail ! lança-t-il en rejoignant son compère qui contemplait la table basse d'un œil hébété.

— Que comptez-vous faire ? demanda le capitaine.

— Vous et moi, mon excellent ami, décréta Poirot avec un pétillement dans les yeux, allons passer César Borgia à la question.

Tredwell entra en réponse au coup de sonnette de Poirot.

— Vous m'avez appelé, monsieur ?

— Oui, Tredwell. Pourriez-vous, je vous prie, demander à ce monsieur italien, le Dr Carelli, d'avoir la gentillesse de venir jusqu'ici ?

— Certainement, monsieur, répondit Tredwell.

Le majordome quitta la pièce et Poirot se dirigea vers la table pour y prendre la boîte aux produits pharmaceutiques.

— Il serait bon, je crois, confia-t-il à Hastings, de remettre ces médicaments si dangereux à leur place. De l'ordre et de la méthode, avant toute chose.

Tendant la boîte en-fer blanc à Hastings,

Poirot approcha une chaise de la bibliothèque et grimpa dessus.

— Toujours cette soif de symétrie et de rangement, hein ? s'exclama Hastings. Mais je veux croire qu'en l'occurrence vous avez autre chose en tête.

— Et quoi donc ? s'enquit Poirot.

— Je sais de quoi il retourne. Vous ne voulez pas effaroucher Carelli. Après tout, qui donc a manipulé ces produits, hier au soir ? Lui, entre autres. S'il les voyait en évidence sur la table, cela pourrait lui mettre la puce à l'oreille, n'est-ce pas ?

Toujours juché sur sa chaise, Poirot appliqua au capitaine une chiquenaude sur le sommet du crâne.

— Finaud, l'ami Hastings, hein ? gloussa-t-il en lui prenant la boîte des mains.

— Je vous connais trop bien, insista ce dernier, ce n'est pas à moi que vous jetterez de la poudre aux yeux.

Tandis que Hastings prononçait cette phrase malheureuse, Poirot passa un index fureteur sur le fronton de la bibliothèque, ce qui souleva un nuage de poussière qui s'en vint retomber en pluie sur le visage levé de son ami.

— En fait de poudre aux yeux, je crois que vous voilà servi, très cher ! s'esclaffa-t-il en passant de nouveau délicatement son doigt sur l'étagère avant de le retirer avec une grimace. Il semble que j'aie trop vite chanté les louanges de la domesticité. C'est plein de poussière, là-dessus. Je regrette de n'avoir pas un bon chiffon humide pour enlever tout ça !

— Mon cher Poirot, rit de bon cœur Hastings, vous n'êtes pas femme de ménage !

— Hélas non, répondit tristement Poirot. Le sort a voulu que je ne sois que détective !

— Oui, eh bien il n'y a rien à détecter là-haut, alors redescendez.

— Vous l'avez dit, il n'y a rien à...

Poirot s'interrompit net et resta figé debout sur sa chaise, comme si la foudre divine l'avait changé en pierre.

— Qu'est-ce qu'il y a ? s'impatienta Hastings. Descendez. Le Dr Carelli va arriver d'une minute à l'autre. Vous ne voulez pas qu'il vous trouve là-haut, n'est-ce pas ?

— Vous avez raison, acquiesça Poirot en descendant lentement de sa chaise, le visage grave.

— Mais enfin, que se passe-t-il ? tempêta Hastings.

— Il se passe que je viens de penser à quelque chose, répondit Poirot, le regard lointain.

— Vous venez de penser à quoi ?

— À de la poussière, Hastings. À de la poussière, répéta-t-il, énigmatique.

Il n'avait pas plus tôt achevé sa phrase que la porte s'ouvrit, livrant passage au Dr Carelli. Poirot et lui se saluèrent avec force courbettes et salamalecs, chacun mettant par politesse un point d'honneur à s'exprimer dans la langue natale de son vis-à-vis.

— Ah ! monsieur Poirot, commença Carelli dans son plus beau français, vous voulez me questionner ?

— *Si, signor Dottore, si lei permette,* répondit Poirot.

— *Ah, lei parla italiano* ?

— *Si, ma preferisco parlare in francese.*

— Dans ce cas, trancha Carelli revenant aussitôt à la langue de Molière, que souhaitez-vous me demander ?

— Dites donc ! tonna soudain Hastings, plus cockney que réellement oxfordien, que diable signifie tout ce charabia ?

— Ah ! ce pauvre Hastings n'a rien d'un linguiste, je l'avais oublié, s'émut Poirot. Je crois que nous ferions mieux tous deux de nous cantonner à l'anglais.

— Je vous demande mille pardons. Il en ira comme vous le souhaitez, consentit Carelli.

Il s'adressa à Poirot avec toutes les apparences de la plus grande franchise.

— Je suis heureux que vous m'ayez envoyé chercher, monsieur Poirot. Ne l'auriez-vous pas fait que j'aurais moi-même sollicité une entrevue.

— Vraiment ? fit Poirot en lui désignant une chaise à côté de la table.

Carelli s'installa cependant que Poirot s'asseyait dans le fauteuil et que Hastings prenait confortablement place sur le canapé.

— Absolument, poursuivit le médecin italien. Car il se trouve que des affaires urgentes m'appellent à Londres.

— Je vous en prie, continuez, l'encouragea Poirot.

— Oui. J'ai évidemment fort bien compris la situation, hier au soir. Un document précieux avait été volé. J'étais le seul étranger présent.

Aussi ai-je volontiers accepté de rester pour permettre qu'on me fouille, voire même pour insister qu'on le fasse. L'homme d'honneur que je suis ne pouvait agir autrement.

— Tout à fait, convint Poirot. Mais aujourd'hui ?

— Aujourd'hui, c'est différent, répondit Carelli. Comme je vous l'ai signalé, des affaires urgentes m'appellent à Londres.

— Et vous souhaiteriez par conséquent pouvoir vous retirer ?

— Tout juste.

— Cela semble après tout fort naturel, commenta Poirot. Qu'en pensez-vous, Hastings ?

Lequel Hastings se garda bien de répondre cependant que son expression prouvait éloquemment qu'il ne trouvait pas cela naturel du tout.

— Peut-être qu'un mot de vous à Mr Amory, monsieur Poirot, réglerait la question, suggéra Carelli. J'aimerais éviter toute contestation.

— Mes bons offices vous sont acquis, docteur, lui assura Poirot. En attendant, peut-être pourrez-vous m'aider à éclaircir un ou deux points de détail ?

— Je ne serai que trop heureux de vous être utile.

Poirot réfléchit quelques instants avant de poser sa première question :

— Mrs Richard Amory est-elle pour vous une amie de longue date ?

— De très longue date, répondit Carelli.

Il poussa un soupir.

— Ce fut pour moi une délicieuse surprise

que de la rencontrer de façon aussi inopinée dans ce coin perdu.

— Inopinée, dites-vous ?

— Tout à fait, confirma Carelli en jetant un bref regard au détective.

— Tout à fait inopinée, répéta Poirot. Voyez-vous ça !

Une certaine tension s'était insinuée dans l'atmosphère. Carelli adressa un regard acéré à Poirot mais ne releva pas.

— Vous vous intéressez aux dernières découvertes de la science ? lui demanda ce dernier.

— Cela va de soi. Je suis médecin.

— Ah ! mais l'un ne sous-entend pas obligatoirement l'autre. Que vous soyez fasciné par un nouveau vaccin, un nouveau rayon, un nouveau virus, je le conçois sans peine. Un nouvel explosif, en revanche, est-ce là vraiment du ressort d'un docteur en médecine ?

— La science sous ses multiples aspects devrait nous intéresser tous autant que nous sommes, insista Carelli. Elle représente le triomphe de l'homme sur la nature à qui il arrache ses secrets en dépit de l'opiniâtre résistance qu'elle lui oppose.

Poirot hocha la tête en signe d'acquiescement.

— C'est très beau, ce que vous dites là. C'est même admirable et infiniment poétique ! Mais, comme mon précieux ami Hastings vient juste de me le rappeler, je ne suis qu'un détective. Je n'atteins pas ces hauteurs de vue. J'évalue les choses d'un point de vue plus matériel. Cette découverte de sir Claud... elle valait une grosse somme, hein ?

— Possible, fit Carelli d'un air dédaigneux. Je n'ai guère réfléchi à cet aspect de la question.

— Vous êtes à l'évidence un homme qui a de grands principes, observa Poirot, et sans doute également de gros moyens. Voyager, par exemple, est un passe-temps onéreux.

— Il faut bien voir le monde dans lequel on vit, objecta Carelli, pince-sans-rire.

— Certes, admit Poirot. Et aussi les gens qui y vivent. Des gens bien souvent à la limite de l'étrange. Le voleur, par exemple : quelle curieuse mentalité il doit avoir !

— Très curieuse, je suis bien de votre avis, acquiesça le médecin.

— Et le maître-chanteur, donc ! renchérit Poirot.

— Qu'entendez-vous par là ? s'offusqua Carelli.

— Que le maître-chanteur, lui aussi, doit avoir une mentalité très particulière, s'expliqua bien volontiers Poirot.

Il y eut de part et d'autre un silence contraint avant que le petit Belge ne reprenne :

— Mais nous nous écartons de notre sujet : la mort de sir Claud Amory.

— La mort de sir Claud Amory ? En quoi serait-ce notre sujet ?

— Ah ! c'est vrai... Vous ne le savez pas encore. Navré de vous apprendre que sir Claud n'est pas décédé d'une crise cardiaque. Il a été empoisonné.

Poirot observa attentivement la réaction de l'Italien.

— Tiens ! murmura ce dernier avec un hochement de tête.

— Cela ne vous surprend pas outre mesure ? demanda Poirot.

— Franchement, non, répondit Carelli. Je l'avais subodoré hier au soir.

— Vous conviendrez que ce fait nouveau soit de nature à rendre la situation beaucoup plus sérieuse, déclara Poirot.

Son ton se durcit.

— Vous ne pourrez pas quitter la maison aujourd'hui, docteur Carelli.

Se penchant vers Poirot, le médecin s'enquit :

— Vous établissez un lien entre la mort de sir Claud et le vol de la formule ?

— Bien évidemment, répondit Poirot. Pas vous ?

Carelly reprit à voix pressée et insistante :

— N'y aurait-il d'après vous personne dans cette maison qui, indépendamment du vol de la formule, ait pu désirer la mort de sir Claud ? Que va apporter sa disparition à la plupart des membres de sa famille ? Je vais vous le dire, moi. Elle va leur apporter la liberté, monsieur Poirot. La liberté, à quoi vous ajouterez ce que vous avez cru bon de mentionner il y a peu : l'argent. Ce vieil homme était un tyran. Et, pour ce qui n'avait pas trait à son cher travail, un grigou.

— Vous avez observé tout cela en une seule et unique soirée, docteur ? demanda ingénument Poirot.

— Et si cela était ? répliqua Carelli. J'ai des yeux. Des yeux dont je sais me servir. Trois personnes au moins, sous son propre toit, souhaitaient sa disparition.

Il se leva et consulta la pendule, sur la cheminée.

— Mais ce n'est pas pour moi le problème de l'heure.

Hastings se pencha en avant, captivé, cependant que Carelli poursuivait :

— Ce qui me contrarie au-delà de toute expression, c'est de ne pouvoir honorer mon rendez-vous de Londres.

— Désolé, docteur, compatit Poirot, mais qu'y puis-je ?

— Bon, en tout état de cause, j'imagine que vous n'avez plus besoin de moi ?

— Dans l'immédiat, non.

Carelli se dirigea vers la porte.

— Je vais vous signaler encore une bonne chose, monsieur Poirot, annonça-t-il au moment de quitter la pièce et en se retournant pour faire face au détective. Il y a des femmes qu'il est dangereux de pousser à bout.

Poirot plongea dans une de ses courtoises courbettes habituelles, à quoi Carelli répondit non sans ironie en se prosternant plus bas encore avant d'effectuer sa sortie.

12

Quand Carelli eut quitté les lieux, Hastings demeura quelques instants le regard fixé sur la porte.

— Il y a des femmes qu'il est dangereux de pousser à bout... Saperlipopette, Poirot, qu'a-t-il bien pu vouloir dire par là ? demanda-t-il enfin.

Poirot haussa les épaules.

— C'était une remarque en l'air, affirma-t-il.

— Mais voyons, Poirot, insista Hastings, je suis sûr que Carelli essayait de vous faire passer un message.

— Sonnez à votre tour, Hastings, voulez-vous ? fut la seule réponse du petit détective.

Le capitaine fit comme il lui était demandé mais ne put se retenir d'une nouvelle interrogation :

— Que comptez-vous faire maintenant ?

La réplique de Poirot fut typique de sa veine la plus énigmatique.

— Patience est mère de toutes les vertus. Vous le verrez bien, mon très cher.

Tredwell se présenta de nouveau avec son habituel « Oui, monsieur ? » plein d'un infini respect et que Poirot accueillit avec un grand sourire affable.

— Ah ! Tredwell... Voudriez-vous être assez bon pour présenter mes compliments à miss Caroline Amory et lui demander si elle aurait la bonté de m'accorder quelques-uns de ses précieux instants ?

— Certainement, monsieur.

— Je vous remercie, Tredwell.

Sitôt le majordome parti, Hastings explosa :

— Mais cette malheureuse vieillarde est au lit ! Vous n'allez quand même pas la faire lever si elle se sent mal.

— Mon ami Hastings-Je-sais-tout ! Alors elle est au lit, hein ?

— D'après vous, elle n'y serait donc pas ?

Poirot donna au capitaine une tape affectueuse sur l'épaule.

— C'est très précisément ce que je désire vérifier.

— Mais enfin ! s'entêta Hastings, vous ne vous rappelez pas ? Richard Amory nous l'a pourtant bien dit.

Le détective regarda son ami sans ciller.

— Un homme a été tué dans cette maison, Hastings. Sous son propre toit, au sein de sa famille. Et comment réagit-elle, cette famille ? En débitant des mensonges, encore des mensonges, toujours des mensonges ! Pourquoi Mrs Amory veut-elle que je parte ? Pourquoi Mr Amory veut-il également que je lève le siège ? Pourquoi tient-il à m'empêcher de voir sa tante ? Que peut-elle me révéler qu'il ne veut pas que j'entende ? Je vous le dis, Hastings, nous sommes confrontés à un drame ! Il ne s'agit pas ici d'un simple petit crime sordide, mais bel et bien d'un drame. D'un drame poignant, d'un drame humain !

Il se serait sans doute volontiers étendu sur ce thème si miss Amory n'avait fait irruption à ce moment précis.

— Monsieur Poirot, s'adressa-t-elle aussitôt

à lui tout en refermant la porte, Tredwell me dit que vous êtes désireux de me voir ?

— C'est exact, mademoiselle, confirma-t-il en s'approchant. Mais ne vous alarmez pas, je souhaite tout au plus vous poser quelques questions. Vous ne voulez pas vous asseoir ?

Il la guida vers une chaise à côté de la table. Elle s'y installa et leva sur lui un regard empreint de nervosité.

— J'avais cru comprendre, poursuivit-il en prenant place de l'autre côté de la table et en la considérant avec une expression de sollicitude inquiète, que vous étiez malade... prostrée, peut-être ?

— Le choc pour moi a été effroyable, cela va sans dire, soupira Caroline Amory. Je ne m'en remettrai jamais ! Mais il faut bien que quelqu'un garde la tête froide, c'est ce que je dis toujours. Les domestiques, pour leur part, sont sens dessus dessous. Vous savez comment il en va invariablement avec eux, monsieur Poirot, ajouta-t-elle en s'animant. Ils n'aiment rien tant que les enterrements ! Ils préfèrent cent fois une mort à des noces, j'en mettrais ma main à couper. Quant à ce cher Dr Graham... Ah ! lui, il est si gentil... c'est un tel réconfort que de l'avoir dans les parages... En tant que médecin, il est aussi très bien, et puis, bien sûr, il faut porter à son crédit le fait qu'il soit tellement épris de Barbara. Je trouve infiniment dommage que Richard ne semble pas l'apprécier outre mesure, mais... mais que disais-je ? Ah ! oui, le Dr Graham. Si jeune. Et il a été à deux doigts de guérir ma névrite, l'an passé. Non pas que je sois souvent malade. En revanche, la génération montante ne me paraît pas du bois dont on fait les centenaires. Voyez cette petite Lucia, hier au soir, obligée de sortir de table au dîner parce qu'elle se sentait au bord de la syncope. Bien sûr, la pauvre enfant n'est guère qu'un paquet de nerfs. Comment voulez-vous qu'il en aille autrement, avec tout ce sang italien dans les veines... Ça l'a saisie de façon rigoureusement identique, je m'en souviens, quand sa rivière de diamants lui a été volée...

Miss Amory se tut un instant pour reprendre son souffle. Poirot, qui, tandis qu'elle parlait, avait sorti son étui à cigarettes et s'apprêtait à en allumer une, suspendit son geste et profita de l'occasion pour lui demander :

— La rivière de diamants de Mrs Amory a été volée ? Quand cela, très chère mademoiselle ?

Miss Amory prit l'air songeur.

— Voyons un peu, ce devait être... oui, cela s'est passé il y a deux mois. Juste au moment où Richard a eu cette grosse dispute avec son père.

Poirot regarda la cigarette qu'il tenait à la main.

— Me permettez-vous de fumer, mademoiselle ?

Sur un sourire et un gracieux hochement de tête de son interlocutrice, il tira une boîte d'allumettes de sa poche, alluma sa cigarette et encouragea d'un regard miss Amory à poursuivre. Voyant que l'auguste personne ne semblait pas bien savoir par quel bout reprendre le fil de son discours, il l'aiguilla obligeamment :

— Vous disiez que Mr Amory s'était querellé avec son père, je crois bien ?

— Oh ! rien de sérieux n'était en cause, minimisa-t-elle. Il s'agissait tout au plus des dettes de Richard. Quels sont les jeunes gens qui n'en ont pas, dites-le-moi ! À ceci près que mon frère Claud n'a jamais été comme ça. Encore adolescent, ses chères études l'accaparaient tout entier. Plus tard, notez bien, il est certain que ses expériences ont englouti des sommes considérables. Bref, je me suis longtemps évertuée à lui répéter qu'il tenait à Richard les cordons de la bourse un peu trop serrés. Mais bon, il y a deux mois, la bisbille a pris les proportions d'une véritable scène. Avec cela que la rivière de diamants de Lucia avait de surcroît disparu et qu'elle refusait d'appeler la police. Je vous laisse imaginer le côté pénible de la situation. Et sa totale absurdité, aussi ! Les nerfs, toujours les nerfs !

— Êtes-vous bien sûre que ma fumée ne vous importune pas, mademoiselle ? s'inquiéta encore une fois Poirot, la cigarette levée.

— Oh ! pas du tout, le rassura miss Amory. J'ai toujours été d'avis que les messieurs se doivent de fumer.

Se rendant alors compte que sa cigarette était mal allumée, Poirot reprit la boîte d'allumettes posée devant lui sur la table.

— Il n'est quand même pas banal qu'une jeune et jolie femme prenne la perte de ses bijoux avec autant d'équanimité, non ? demanda-t-il en la rallumant avant de replacer soigneusement deux allumettes brûlées dans la boîte qu'il enfouit ensuite dans sa poche.

— Je préfère étrange à pas banal, tint à préciser miss Amory. Oui, c'est étrange, indéniablement. Pourtant, cela n'a semblé lui faire ni chaud ni froid. Allons bon, je bavarde, je papote et voilà que je m'égare sur des sujets qui n'ont aucun intérêt pour vous, monsieur Poirot.

— Mais vous m'intéressez au plus haut point, mademoiselle, la contredit-il. Dites-moi, lorsque Mrs Amory a quitté la table du dîner parce qu'elle se sentait mal, hier soir, est-elle montée à sa chambre ?

— Non, répondit Caroline Amory. Elle est venue ici. Je l'ai installée ici sur le canapé, puis je suis retournée à la salle à manger en la laissant avec Richard. Des jeunes mariés, vous savez ce que c'est, monsieur Poirot... Encore que les hommes ne soient plus, et de fort loin, aussi romantiques qu'ils savaient l'être du temps où j'étais jeune fille ! Seigneur ! Je me rappelle un garçon... il s'appelait Aloysius Jones. Nous jouions souvent au croquet ensemble. Quel grand fou... quel grand fou ! Allons, voilà que je me laisse encore aller à m'écarter du sujet. Nous parlions de Richard et Lucia. Quel joli couple ils font, vous ne trouvez pas ? Il l'a rencontrée en Italie, voyez-vous... sur les lacs italiens — ah ! les lacs italiens ! — ... en novembre dernier. Ç'a été le coup de foudre au premier regard. Ils se sont mariés dans la semaine. Elle était orpheline, seule au monde. C'est très triste, encore que je me demande parfois si ce n'est pas un petit mal pour un grand bien. Si elle avait eu un tas de parents étrangers, la situation pourrait être quelque peu intenable, vous ne croyez pas ? Vous savez comment sont ces gens-là ! Ils... oh !

Elle s'arrêta net et tourna vers Poirot un regard consterné.

— Oh ! je vous demande pardon !

— Mais de rien, de rien, murmura le détective en coulant vers Hastings un coup d'œil amusé.

— C'est tellement stupide de ma part ! s'excusa miss Amory, confuse. Je ne voulais pas dire... bien sûr, c'est tellement différent dans votre cas et dans celui de vos compatriotes : « Nos braves Belges », comme on vous appelait pendant la guerre...

— Je vous en prie, ne vous tourmentez pas, tenta de la rasséréner Poirot.

Après un silence, et comme si cette référence à la guerre l'avait fait se remémorer un détail, il reprit :

— J'ai cru comprendre que la boîte de produits pharmaceutiques, au-dessus de la bibliothèque, est une relique de la guerre. Vous vous êtes tous plongés dans son examen, hier au soir, n'est-ce pas ?

— Oui, c'est exact.

— Comment en êtes-vous venus là ? s'enquit Poirot.

Miss Amory réfléchit un moment avant de répondre.

— Voyons, comment nous en sommes venus à... ? Ah ! oui, je me souviens. J'ai regretté de ne plus avoir de sels, aussi Barbara a-t-elle descendu ce qui reste de la trousse d'Edna, sur quoi les messieurs sont arrivés et le Dr Carelli m'a épouvantée avec ses commentaires.

Hastings commença à manifester un vif intérêt pour le tour que prenait la conversation, et Poirot incita miss Amory à continuer.

— Vous parlez de commentaires à propos des produits ? Il les a examinés de près, je suppose ?

— Oui, confirma miss Amory. Il a levé un de ces tubes de verre qui portait un nom innocent — bromate ou bromhydrate de je ne sais quoi, je crois, dont j'ai souvent pris contre le mal de mer —, et il a affirmé qu'avec la collection étalée sous ses yeux, nous avions là de quoi faire au bas mot passer douze hommes vigoureux à trépas !

— Bromhydrate de scopolamine ? demanda Poirot.

— Je vous demande pardon ?

— Était-ce de bromhydrate de scopolamine dont parlait le Dr Carelli ?

— Mais oui, c'est ça, vous avez tapé dans le mille ! applaudit miss Amory, ravie. Alors Lucia le lui a pris des mains et a répété une phrase qu'il avait citée à propos d'un sommeil sans rêves mais dont on ne se réveillerait pas. Je déteste cette poésie moderne névrosée. Je le dis toujours : depuis que ce bon lord Tennyson est mort, plus personne n'a écrit de poésie qui vaille...

— Diable ! marmonna Poirot.

— Je vous demande pardon ? sursauta miss Amory.

— Rien, je disais seulement « admirable » en songeant à ce bon lord Tennyson. Mais poursuivez, je vous prie. Que s'est-il passé ensuite ?

— Ensuite ? Mais ensuite de quoi donc ?

— Vous nous parliez de la soirée d'hier. Ici même, dans cette pièce...

— Ah ! oui... Eh bien Barbara a voulu mettre une chanson extrêmement vulgaire. Sur le phonographe, veux-je dire. Dieu soit loué, j'ai pu l'en dissuader.

— Je vois, dit Poirot. Et ce petit tube que le docteur tenait en l'air... il était plein ?

— Oh, oui ! répondit miss Amory sans hésitation. Parce que quand il a fait cette citation sur le sommeil sans rêves, il a dit que la moitié des comprimés qu'il contenait suffirait à le provoquer.

Elle se leva de sa chaise et s'éloigna de la table.

— Vous savez, monsieur Poirot, continua-t-elle tandis qu'il se levait à son tour pour la rejoindre, je répète depuis le début que je n'aime pas cet homme, ce Dr Carelli. Il y a quelque chose en lui... une sorte de fausseté... sans compter ce que le personnage peut avoir de mielleux ! Bien sûr, je me suis gardée d'exprimer le fond de ma pensée en présence de Lucia puisqu'il passe pour être de ses amis, mais je ne l'aime pas. Lucia, voyez-vous, accorde si facilement sa confiance ! Je suis persuadée que cet individu a trouvé le moyen de s'insinuer dans ses bonnes grâces avec pour seul objectif de se faire inviter à la maison afin d'y voler la formule.

Poirot considéra miss Amory d'un air interrogateur.

— Vous ne doutez donc pas que ce soit le Dr Carelli qui ait dérobé la formule de sir Claud ?

Miss Amory rendit au détective son regard, dans lequel ne se lisait rien d'autre que la stupeur.

— Cher monsieur Poirot ! Qui d'autre aurait pu le faire ? Il était le seul étranger présent. Naturellement, mon frère n'aurait jamais pu se laisser aller à accuser un hôte, aussi a-t-il voulu lui offrir une chance de restituer le document. J'ai trouvé qu'il avait en cela fait preuve de beaucoup de délicatesse. De beaucoup de délicatesse, en vérité !

— Tout à fait, acquiesça avec tact Poirot en passant un bras amical autour des épaules de Caroline Amory, au vif autant qu'évident déplaisir de la dame. Maintenant, mademoiselle, je vais me livrer à une petite expérience pour laquelle je vais requérir votre coopération.

Il ôta son bras.

— Où étiez-vous assise, hier au soir, quand les lumières se sont éteintes ?

— Là, déclara miss Amory en montrant le canapé.

— Auriez-vous alors la bonté d'y retourner ?

Elle s'exécuta.

— À présent, mademoiselle, annonça Poirot, je vais vous demander un gros effort d'imagination ! Fermez les yeux, s'il vous plaît.

Miss Amory obtempéra.

— Très bien, continua Poirot. Maintenant, imaginez que vous êtes revenue à hier au soir.

Il fait noir. Vous ne voyez rien. Mais vous pouvez entendre. Projetez-vous en arrière.

Prenant ses paroles au sens littéral, elle se plaqua contre le dossier du canapé.

— Non ! non ! projetez-vous mentalement, ai-je voulu dire. Qu'entendez-vous ? C'est cela, projetez votre esprit en arrière... Et maintenant, dites-moi ce que vous entendez dans le noir.

Impressionnée par la gravité que montrait le détective, miss Amory s'était efforcée de faire comme il lui était demandé. Elle resta un moment silencieuse puis commença à parler, lentement et par à-coups :

— Des halètements. Ou des soupirs, si vous préférez. Plein de petits halètements... et puis le bruit d'une chaise qui tombe... et une sorte de tintement métallique...

— Comme ceci ? fit Poirot qui sortit une clé de sa poche et la jeta à terre.

La clé ne fit pas de bruit et miss Amory, après avoir attendu quelques secondes, déclara qu'elle n'avait rien entendu.

— Peut-être bien comme cela, alors ? réessaya Poirot en ramassant la clé par terre et en la cognant violemment contre la table basse.

— Voilà, c'est exactement ce son-là que j'ai entendu hier ! s'exclama miss Amory. Comme c'est curieux !

— Poursuivez, je vous en prie, l'encouragea Poirot.

— Eh bien, j'ai ensuite entendu Lucia crier et appeler Claud. Et puis c'est là qu'on a commencé à frapper à la porte.

— C'est tout ? Vous êtes sûre ?

— Oui, je crois bien... Oh ! attendez une minute ! Tout au début, il y a eu un bruit étrange, comme de la soie qui se déchire. La robe de quelqu'un, je suppose.

— La robe de qui, à votre avis ?

— Ce ne peut être que celle de Lucia. Pas celle de Barbara, puisqu'elle était assise ici, juste à côté de moi.

— Bizarre, fit Poirot d'un air songeur.

— Et là, c'est vraiment tout, conclut miss Amory. Puis-je rouvrir les yeux, maintenant ?

— Oh ! bien entendu, mademoiselle.

Ce qu'elle fit, cependant que Poirot s'enquérait :

— Qui a servi son café à sir Claud ? Vous ?

— Non, répondit miss Amory. C'est Lucia.

— À quel moment précis ?

— Ce devait être juste après que nous avions parlé de ces affreux produits pharmaceutiques.

— Est-ce Mrs Amory elle-même qui a porté son café à sir Claud ?

Caroline Amory s'abîma quelques instants dans ses réflexions.

— Non..., se décida-t-elle enfin à dire.

— Non ? répéta Poirot. Alors qui ?

— Je ne sais plus... je ne suis pas sûre... voyons un peu... Oh ! oui, cela me revient ! La tasse de Claud était sur la table à côté de celle de Lucia. Je m'en souviens parce que Mr Raynor l'emportait pour la donner à Claud dans son cabinet de travail quand Lucia l'a rappelé pour lui dire qu'il s'était trompé. Cela ne rimait d'ailleurs à rien puisqu'il n'y avait aucune différence entre les deux : du café noir et sans sucre.

— Donc, souligna Poirot, c'est Mr Raynor qui a porté son café à sir Claud ?

— Oui... ou plutôt non, c'est vrai : Richard le lui a repris des mains parce que Barbara voulait danser avec Mr Raynor.

— Oh ! Alors c'est Mr Amory qui a porté le café à son père ?

— Oui, cette fois c'est bien cela, confirma miss Amory.

— Tiens donc ! s'exclama Poirot. Dites-moi, que faisait Mr Amory juste avant ? Il dansait ?

— Oh ! non, répondit miss Amory. Il venait de soigneusement remettre tous les médicaments à leur place dans la boîte.

— Je vois, je vois... Sir Claud a donc bu son café dans son cabinet de travail ?

— J'imagine qu'il l'aura commencé là-bas, se remémora miss Amory. Mais il est revenu ici avec sa tasse à la main. Je me rappelle qu'il s'est plaint du goût, il le trouvait amer. Or, je puis vous assurer, monsieur Poirot, que c'était du bon café, et du meilleur. Un mélange spécial que j'avais commandé moi-même aux *Army Navy Stores* de Londres. Vous savez bien, ce merveilleux grand magasin de Victoria Street. Tellement pratique, en plus, pas loin de la gare. Et je...

Elle s'interrompit comme la porte s'ouvrait, livrant passage à Edward Raynor.

— Je tombe peut-être très mal ? balbutia le secrétaire. Pardonnez-moi. Je voulais parler à M. Poirot, mais je peux revenir plus tard.

— Non, non, déclara ce dernier. J'ai fini de

passer cette malheureuse miss Amory sur le grill !

Ladite miss Amory se leva.

— Je crains de ne pas vous avoir dit grand-chose d'intéressant, s'excusa-t-elle en se dirigeant vers la sortie.

Poirot se leva à son tour et la précéda.

— Au contraire, chère mademoiselle, vous m'en avez appris beaucoup. Bien plus peut-être que vous ne l'imaginez, assura-t-il en lui ouvrant la porte.

13

Après avoir accompagné miss Amory jusqu'au seuil, Poirot reporta son attention sur Edward Raynor.

— À présent, monsieur Raynor, fit-il en indiquant une chaise au secrétaire, je suis prêt à entendre ce que vous avez à me dire.

Raynor s'assit et regarda Poirot d'un air grave.

— Mr Amory vient de m'apprendre la nouvelle, au sujet de sir Claud. La cause de sa mort, j'entends. C'est ahurissant, monsieur.

— Vous êtes encore sous le choc ? demanda Poirot.

— Je pense bien. Je n'aurais jamais imaginé qu'une chose pareille puisse arriver.

Poirot s'approcha et, sans le quitter des yeux, montra au secrétaire la clé qu'il avait trouvée.

— Avez-vous déjà vu cette clé, monsieur Raynor ?

Ce dernier la prit et la retourna dans ses mains d'un air perplexe.

— On jurerait la clé du coffre de sir Claud. Mais je sais par Mr Amory que celle de sir Claud était à sa place sur sa chaîne.

Il la rendit à Poirot.

— C'est effectivement une clé du coffre qui se trouve dans le cabinet de travail de sir Claud, mais il s'agit d'un double, précisa Poirot. Un double trouvé par terre à côté de la chaise que vous occupiez hier soir, ajouta-t-il sur un ton significatif.

Raynor regarda le détective sans sourciller.

— Si vous croyez que c'est moi qui l'ai laissée tomber, vous vous trompez, déclara-t-il.

Poirot le dévisagea un moment, puis hocha la tête comme s'il était satisfait.

— Je vous crois, dit-il.

Il gagna le canapé d'un pas alerte et s'assit en se frottant les mains.

— Et maintenant, mettons-nous au travail, monsieur Raynor. Vous étiez le secrétaire particulier de sir Claud, n'est-ce pas ?

— C'est exact.

— Vous en saviez donc long sur ses travaux ?

— Oui. Je possède une certaine formation scientifique et je l'ai aidé à l'occasion dans ses expériences.

— Sauriez-vous quoi que ce soit qui puisse éclairer cette navrante affaire ?

Raynor sortit une lettre de sa poche.

— Seulement ceci, répondit-il en se levant

pour la remettre à Poirot. L'une de mes tâches consistait à ouvrir et trier la totalité du courrier de sir Claud. Elle est arrivée il y a quarante-huit heures.

Poirot prit la lettre et la lut à voix haute :

— *Vous abritez une vipère dans votre sein...* Dans votre *sein* ? fit-il, tourné vers Hastings et le visage en point d'interrogation avant de poursuivre : *Méfiez-vous de Selma Goetz et de sa progéniture. Votre secret est connu. Soyez sur vos gardes.* Et c'est signé : *Quelqu'un qui veille.* Hum ! très imagé et théâtral. Hastings, ceci devrait vous plaire, commenta Poirot en passant la lettre à son ami.

— Ce que j'aimerais savoir, fit Raynor, c'est ceci : Qui est Selma Goetz ?

Se carrant dans le canapé, Poirot joignit les extrémités de ses dix doigts.

— Je crois pouvoir satisfaire votre curiosité, monsieur. Selma Goetz est la plus grande espionne internationale jamais connue. Très belle femme, de surcroît. Elle a travaillé pour l'Italie, pour la France, pour l'Allemagne, et enfin, je crois bien, pour la Russie. Oui, c'était un personnage extraordinaire, cette Selma Goetz.

Raynor recula d'un pas.

— *C'était* ?

— Elle est morte à Gênes en novembre dernier, précisa Poirot.

Il reprit la feuille de papier à Hastings qui l'examinait en dodelinant de la tête et la mine perplexe.

— Alors il doit s'agir d'une mauvaise plaisanterie ! s'exclama Raynor.

— Je me le demande, murmura Poirot. « Selma Goetz et sa progéniture », est-il écrit. Selma Goetz a laissé une fille, monsieur Raynor, une fille ravissante. Or, depuis la mort de sa mère, cette jeune personne a complètement disparu.

Il empocha la lettre.

— Serait-il possible que..., commença Raynor avant de s'interrompre.

— Oui ? l'encouragea Poirot. Vous alliez dire quelque chose, cher monsieur ?

S'approchant du détective, Raynor se fit volubile :

— La domestique italienne de Mrs Amory... Elle l'a amenée d'Italie avec elle, une très jolie fille... Vittoria Murzio, elle s'appelle. Se pourrait-il qu'elle soit la fille de Selma Goetz ?

Poirot parut impressionné.

— Ah ! mais c'est une riche idée, ça !

— Permettez-moi de vous l'envoyer, proposa Raynor en s'apprêtant à sortir.

Poirot se leva.

— Non, non, une petite minute. Il importe avant tout de ne pas l'alarmer. Laissez-moi parler à Mrs Amory d'abord. Elle aura sûrement des choses à me dire sur cette fille.

— Vous avez peut-être raison, acquiesça Raynor. Je fais venir Mrs Amory tout de suite.

Le secrétaire quitta la pièce avec un air de grande détermination.

Surexcité, Hastings s'approcha de Poirot.

— Nous y sommes, Poirot ! Carelli et la bonniche italienne sont de mèche et travaillent pour un gouvernement étranger. Vous n'êtes pas d'accord ?

Plongé dans ses pensées, Poirot n'accorda pas la moindre attention à son compagnon.

— Poirot ? Vous n'êtes pas d'accord ? Je vous disais que Carelli et la fille doivent travailler main dans la main.

— Que vous le disiez ne m'étonne en rien, mon bon ami.

Hastings pâlit sous l'offense.

— Bon, alors quelle est votre idée à vous ? s'enquit-il d'un air pincé.

— Il est plusieurs questions qui demandent réponse, Hastings. Pourquoi la rivière de diamants de Mrs Amory a-t-elle été volée il y a deux mois ? Pourquoi s'est-elle opposée à ce qu'on appelle la police ? Pourquoi...

Il s'interrompit car Lucia Amory venait d'entrer, son sac à la main.

— Je me suis laissé dire que vous désiriez me voir, monsieur Poirot. Est-ce exact ?

— Oui, madame. Je souhaiterais... oh ! tout au plus vous poser quelques questions.

Il lui proposa une chaise près de la table.

— Vous ne voulez pas vous asseoir ?

Elle s'installa tandis que Poirot se tournait vers Hastings.

— Le jardin, de ce côté, est splendide, mon tout bon, sourit-il en le prenant par le bras et en l'aiguillant délicatement vers la porte-fenêtre.

Le capitaine paraissait fort peu disposé à quitter la place, mais la détermination de Poirot, même s'il y mettait des formes, était inébranlable.

— Splendide, mon bon ami, vous verrez, insista-t-il. Observez les beautés de la nature.

Ne perdez jamais une occasion de vous en repaître.

À contrecœur, Hastings se laissa pousser dehors. Puis, la journée étant tout compte fait chaude et ensoleillée, il décida de prendre son mal en patience et de profiter de la situation pour explorer la propriété des Amory. Traversant en flânant la pelouse, il se dirigea vers une haie de thuyas au-delà de laquelle un jardin à la française, entrevu par une trouée dans la végétation, lui sembla tout spécialement engageant.

Tandis qu'il longeait le susdit écran de verdure, Hastings perçut des voix toutes proches qu'il reconnut en avançant comme étant celles de Barbara Amory et du Dr Graham. Les deux jeunes gens semblaient plongés dans un bienheureux tête-à-tête sur un banc, juste de l'autre côté de la haie. Dans l'espoir d'éventuellement surprendre un quelconque détail sur la mort de sir Claud ou sur la disparition de la formule qui intéresserait Poirot, il s'arrêta pour écouter.

— ... tout à fait clair qu'il estime que sa jolie cousine peut viser plus haut qu'un médecin de campagne, était en train de déplorer Kenneth Graham. À la base, ce doit être pour ça qu'il n'est pas enthousiasmé par nos rencontres.

— Bah ! je sais bien que Richard peut parfois jouer les empêcheurs de tourner en rond, avoir des œillères et se comporter comme s'il avait trois fois son âge, répondit la voix de Barbara. Mais il ne faudrait surtout pas que ça vous impressionne, Kenny. Je me fiche comme d'une guigne de ce qu'il peut penser.

— Eh bien j'essayerai d'en faire autant, répondit Graham. Mais ce n'est encore pas le tout, Barbara. Je vous ai demandé de me retrouver ici parce que je voulais vous parler en privé, sans être vu ou entendu par la famille. Primo, je dois vous dire qu'il ne peut y avoir le moindre doute sur la question : votre oncle a été empoisonné, hier au soir.

— Ah bon ? lâcha-t-elle en bâillant.

— Apprendre une telle nouvelle n'a pas l'air de vous surprendre.

— Si, bien sûr, que je suis surprise. Après tout, ce n'est pas tous les jours qu'on s'empoisonne en famille, non ? Mais je dois avouer que sa mort ne me porte pas un coup fatal. En fait, je serais même plutôt contente.

— Barbara !

— Allons, ne faites pas l'étonné, Kenny. Vous ne devez plus pouvoir compter les fois où vous m'avez entendue dire pis que prendre sur ce vieux grigou. Il ne nous aimait ni les uns ni les autres, il ne s'intéressait en fait qu'à ses expériences à la gomme. Il traitait Richard comme le dernier des derniers et il ne s'est guère montré accueillant envers Lucia quand Richard l'a ramenée d'Italie après l'avoir épousée. Elle est pourtant tellement adorable, et si bien faite pour lui.

— Barbara chérie, il faut que je vous pose une question. Et je promets que tout ce que vous direz restera entre nous. Je vous protégerai même si nécessaire. Mais répondez-moi, savez-vous quelque chose, quoi que ce ce puisse être, sur la mort de votre oncle ? Avez-vous la moindre raison de soupçonner que

Richard ait pu, par exemple, se sentir tellement aux abois financièrement qu'il aurait envisagé de tuer son père afin de mettre tout de suite la main sur ce qui devait être son héritage plus tard ?

— Je ne veux pas poursuivre cette conversation, Kenny. Je croyais que vous m'aviez fait venir ici pour me murmurer des mots doux, pas pour accuser mon cousin de meurtre.

— Chérie, je n'accuse Richard de rien. Mais reconnaissez qu'il y a là des éléments troublants. Il a tout l'air de rechigner à une enquête sur la mort de son père. Presque comme s'il redoutait ce qu'elle pourrait révéler. Il n'a aucun moyen d'empêcher la police d'intervenir, bien sûr, mais il a clairement montré qu'il était furieux contre moi d'avoir mis la machine en branle. Je ne faisais pourtant là que mon devoir de médecin. Comment aurais-je pu délivrer un certificat de décès stipulant que sir Claud était mort d'une crise cardiaque ? Nom d'un chien ! son cœur n'avait rien d'anormal lors du dernier examen de routine que je lui ai fait passer il y a quelques semaines.

— Kenny, je ne veux pas en entendre davantage. Je rentre. Vous saurez trouver la sortie du jardin, n'est-ce pas ? À plus tard.

— Barbara, vous savez très bien que tout ce que je veux c'est seulement...

Mais elle était déjà partie, et le Dr Graham émit un profond soupir qui était presque un râle.

Sur ces entrefaites, Hastings estima opportun d'effectuer un rapide repli stratégique en direction de la maison afin de n'être remarqué ni par l'un ni par l'autre des belligérants.

14

Dans la bibliothèque, ce n'est qu'après avoir poussé Hastings dans le jardin et pris soin de refermer la porte-fenêtre que Hercule Poirot avait reporté son attention sur Lucia Amory.

Cette dernière lui adressa d'entrée de jeu un regard anxieux.

— J'ai cru comprendre que vous vouliez me poser des questions sur ma camériste, monsieur Poirot. C'est du moins ce que m'a signalé Mr Raynor. Mais il s'agit d'une très brave fille. Je suis sûre qu'il n'est rien qu'on puisse lui reprocher.

— Madame, répliqua Poirot, ce n'est pas de votre camériste dont je veux vous parler.

Passant de l'angoisse à la crainte, elle sursauta.

— Mais Mr Raynor...

Poirot la coupa :

— J'avoue l'avoir laissé croire à Mr Raynor pour des raisons qui n'appartiennent qu'à moi.

— Que me voulez-vous, dans ce cas ? fit Lucia d'une voix rendue méfiante.

— Madame, dit Poirot, vous m'avez fait hier un fort aimable compliment. Dès le premier regard — ce sont là vos propres paroles —, vous avez eu confiance en moi.

— Et alors ?

— Eh bien, cette confiance, je vous demande maintenant de me la réitérer.

— Que voulez-vous dire ?

Poirot la considéra avec solennité.

— Vous êtes jeune, belle, admirée, aimée — tout ce dont une femme peut rêver. Mais il est, madame, une chose qui vous manque : un père confesseur ! Laissez ce bon papa Poirot postuler pour l'emploi.

Lucia allait parler mais il l'interrompit :

— Avant de refuser, réfléchissez bien, madame. C'est à votre requête que je suis resté ici. Pour vous rendre service. Et plus que jamais je souhaite le faire.

En un subit accès d'humeur, elle répliqua :

— La meilleure façon de me rendre maintenant service est de vous en aller, monsieur.

— Savez-vous, chère madame, que la police a été appelée ? poursuivit-il, imperturbable.

— La police ?

— Hé, oui.

— Mais par qui ? Et pourquoi ?

— Le Dr Graham et ses confrères qui l'ont assisté au cours de l'autopsie, expliqua Poirot, ont découvert que sir Claud avait été empoisonné.

— Oh, non ! Non ! Pas ça !

Le ton de la jeune femme évoquait l'accablement bien davantage que la surprise.

— Si, madame, *ça*, justement. Vous voyez donc que vous avez très peu de temps pour décider de la meilleure conduite à tenir. Pour l'instant, je me mets tout entier à votre service. Plus tard, ce sera peut-être à celui de la justice qu'il me faudra me consacrer.

Les yeux de Lucia fouillèrent le visage de Poirot comme pour essayer d'y trouver des raisons de décider si elle devait ou non se confier à lui.

— Que voulez-vous que je fasse ? demanda-t-elle enfin d'une voix mal assurée.

Poirot s'assit en face d'elle. « Jusqu'où consentirez-vous que l'on vous pousse ? » se murmura-t-il à lui-même avant de suggérer doucement :

— Pourquoi ne pas simplement me dire la vérité, madame ?

Lucia resta un moment silencieuse avant de tendre la main vers lui dans un geste d'imploration.

— Je... je..., commença-t-elle.

Elle s'interrompit de nouveau, indécise, puis ses traits se durcirent.

— Vraiment, monsieur Poirot, j'ai du mal à vous comprendre.

Il lui adressa un regard pénétrant.

— Tiens donc ! Alors c'est ainsi que vous comptez mener votre combat ? Vous m'en voyez navré.

S'étant quelque peu ressaisie, Lucia rétorqua, glaciale :

— Si vous consentiez seulement à me dire ce que vous attendez de moi, c'est volontiers que je répondrais à toutes vos questions.

— C'est donc bien cela ! s'exclama le petit détective. Vous envisagez de jouer au plus fin et de vous opposer à Hercule Poirot ? Comme il vous plaira. Sachez pourtant, madame, que je parviendrai à la vérité malgré tout.

Il abattit la main sur la table.

— Mais le processus sera pour vous infiniment plus désagréable.

— Je n'ai rien à cacher, fit Lucia sur un air de défi.

Poirot tira de sa poche la lettre que Edward Raynor lui avait donnée et la lui tendit.

— Il y a quelques jours, sir Claud a reçu cette lettre anonyme.

Elle y jeta un coup d'œil, sans émotion apparente.

— Et quel est votre commentaire ? demanda-t-elle en la rendant à Poirot.

— Aviez-vous jamais entendu le nom de Selma Goetz ?

— Jamais ! fit-elle d'un ton âpre. Qui est-ce ?

— Elle est morte... à Gênes... en novembre dernier, la renseigna-t-il.

— Ah bon ?

— Peut-être l'y avez-vous rencontrée, suggéra-t-il en rempochant la lettre. C'est ce dont je suis à tout le moins convaincu.

— Jamais de ma vie je n'ai été à Gênes, nia-t-elle, acerbe.

— Et si quelqu'un affirmait vous y avoir vue ?

— Ce quelqu'un se... se tromperait.

— J'ai pourtant bien cru comprendre, persista Poirot, que c'est à Gênes que vous avez rencontré votre mari ?

— C'est Richard qui a dit ça ? Qu'il est bête ! Nous nous sommes rencontrés à Milan.

— Alors la femme avec laquelle vous étiez à Gênes...

Elle l'interrompit avec colère :

— Je viens de vous affirmer que je n'étais jamais allée à Gênes !

— Oh ! je vous demande pardon, fit Poirot. Vous venez de me l'affirmer, c'est exact. Pourtant, c'est bizarre...

— Qu'est-ce qui est bizarre ?

Poirot ferma les yeux et se carra contre le dossier de son siège. Sa voix se fit ronronnement entre ses lèvres mi-closes.

— Je vais vous raconter une petite histoire, madame, annonça-t-il en sortant son portefeuille. J'ai un ami qui fait des photos pour certains journaux de Londres. Il prend — comment dites-vous cela en anglais ? — des instantanés des dames de la noblesse ou de la haute société qui se baignent au Lido de Venise, hantent les soirées de gala à la Scala de Milan et j'en passe. De quoi alimenter les rubriques mondaines, vous voyez le genre.

Il fouilla dans sa poche avant de poursuivre :

— En novembre dernier, cet ami, de passage à Gênes, reconnaît une demi-mondaine notoire : la baronne de Giers, comme elle aimait à se faire appeler à l'époque, maîtresse d'un diplomate français très connu. Cela fait jaser dans les salons, mais la dame s'en moque parce que le diplomate se montre lui-même fort bavard, et c'est ce qu'elle veut. Il est plus amoureux que discret, comprenez-vous...

Il s'interrompit, la mine innocente.

— J'espère ne pas vous ennuyer, madame ?

— Pas du tout, mais je ne vois pas l'intérêt de cette histoire.

Tout en examinant le contenu de son portefeuille, Poirot continua :

— J'y arrive, madame, je vous l'assure. Mon ami m'a montré un des instantanés qu'il avait pris. Nous sommes tombés d'accord : la baronne de Giers est fort belle femme, et nous ne sommes pas surpris du comportement du diplomate.

— C'est tout ?

— Non. La dame n'était pas seule, voyez-vous. Elle a été photographiée en train de se promener avec sa fille, une fille au si beau visage qu'il serait bien difficile de l'oublier.

Il se leva et referma son portefeuille en faisant sa plus élégante révérence.

— Visage que j'ai bien sûr reconnu dès que je suis arrivé ici.

Lucia regarda Poirot et sa respiration se fit un instant haletante.

— Oh ! s'écria-t-elle.

Elle se reprit cependant bien vite et se mit à rire.

— Mon cher monsieur Poirot, quelle curieuse méprise ! Bien sûr, je comprends maintenant le pourquoi de toutes vos questions. Je me rappelle très bien la baronne de Giers, et sa fille aussi. Une fille assez fade, mais la mère me fascinait. J'étais en adoration devant elle, et je me suis promenée plusieurs fois en sa compagnie. Je crois que ma ferveur l'amusait. Voilà sans doute l'origine de la confusion. Quelqu'un a dû me prendre pour la fille de cette créature.

Elle se tassa au fond de sa chaise.

Poirot eut un lent hochement de tête appréciateur qui eut pour effet visible de soulager Lucia. Mais soudain, le détective s'appuya des deux poings sur la table pour se pencher vers elle.

— Et moi qui croyais que vous n'étiez jamais allée à Gênes ! lui fit-il remarquer.

Prise au dépourvu, Lucia hoqueta. Les yeux écarquillés, elle regarda Poirot remettre le portefeuille dans la poche intérieure de sa veste.

— Vous n'avez pas de photo, articula-t-elle à la fois comme une question et une affirmation.

— Non, confessa-t-il. Je n'ai pas de photo, madame. Je connaissais le nom sous lequel Selma Goetz se faisait passer à Gênes. Le reste — mon ami et son instantané — n'était que modeste invention de ma part !

Lucia bondit sur ses pieds, les yeux lançant des flammes.

— Vous m'avez tendu un piège ! s'écria-t-elle, folle de rage.

Poirot haussa les épaules.

— Oui madame, confirma-t-il. Je n'avais hélas pas le choix. L'important est que vous y soyez tombée.

— Quel rapport tout cela a-t-il avec la mort de sir Claud ? marmonna-t-elle comme à elle-même en jetant des regards éperdus autour d'elle.

Au lieu de répondre, Poirot posa une autre question en affectant l'indifférence.

— Madame, fit-il en chassant un grain de poussière imaginaire du revers de sa veste, est-il vrai que vous ayez, il y a quelque temps, perdu une précieuse rivière de diamants ?

Elle lui lança un regard furibond.

— Une fois encore, grinça-t-elle comme si

ses mots sortaient d'entre ses dents serrées, quel rapport cela a-t-il avec la mort de sir Claud ?

Poirot s'exprima avec lenteur et non sans emphase :

— D'abord une rivière de diamants qu'on dérobe... ensuite la formule d'une arme secrète que l'on vole... L'une comme l'autre peuvent rapporter une somme considérable.

— Que voulez-vous dire ? fit Lucia d'une voix entrecoupée.

— Je veux dire, madame, que j'aimerais que vous répondiez à ceci : combien le Dr Carelli a-t-il exigé... cette fois-ci ?

Lucia détourna son visage.

— Je... je... je ne répondrai plus à aucune question, murmura-t-elle dans un souffle.

— Parce que vous avez peur ? demanda Poirot en s'approchant d'elle.

Elle lui fit de nouveau face, la tête rejetée en arrière dans une attitude de défi.

— Non, affirma-t-elle, je n'ai pas peur. J'ignore seulement de quoi vous parlez. Pourquoi le Dr Carelli me demanderait-il de l'argent ?

— Comme prix de son silence, répliqua Poirot. Les Amory ont l'orgueil de leur nom et de leur rang. Et vous ne tenez sans doute pas à ce qu'ils sachent que vous êtes... la fille de Selma Goetz !

Sans répondre, Lucia fixa un moment Poirot de ses yeux qui lançaient des éclairs, puis ses épaules s'affaissèrent et elle se laissa choir sur un tabouret, la tête enfouie dans les mains.

Une minute au bas mot s'écoula avant qu'elle ne relève les yeux avec un soupir.

— Richard est-il au courant ? murmura-t-elle.

— Il ne sait pas encore, madame, articula lentement Poirot.

— Ne le lui dites pas, monsieur ! implora-t-elle sur le ton du désespoir. Je vous en prie, ne le lui dites pas ! Il est tellement fier de ses origines, tellement jaloux de son honneur ! C'est mal de ma part de l'avoir épousé, mais j'étais si malheureuse ! Je haïssais cette vie, cette existence affreuse que j'étais forcée de mener auprès de ma mère. C'était dégradant. Seulement que pouvais-je faire ? Alors quand maman est morte, je me suis sentie libre, enfin ! Libre d'être honnête ! Libre d'abandonner cette existence de mensonges et d'intrigues. J'ai rencontré Richard. C'est la plus merveilleuse chose qui me soit jamais arrivée. Il est entré dans ma vie. Je l'ai aimé et il a voulu m'épouser. Comment pouvais-je lui avouer qui j'étais ? Pourquoi l'aurais-je fait ?

— C'est alors, souffla doucement Poirot, que Carelli vous a quelque part reconnue au bras de Mr Amory et a commencé son chantage ?

— Oui, mais je n'avais pas d'argent à moi, haleta-t-elle. J'ai vendu la rivière de diamants et je lui ai versé le montant obtenu. J'ai cru qu'ainsi tout serait terminé. Seulement hier, il a débarqué ici. Il avait entendu parler de la formule découverte par sir Claud.

— Il a voulu que vous la dérobiez pour lui ?

Lucia soupira :

— Oui.

— Et vous l'avez fait ? demanda Poirot, s'approchant davantage encore.

— À présent, vous ne me croirez plus, murmura-t-elle en secouant la tête avec tristesse.

Poirot contempla cette ravissante jeune femme d'un œil compatissant.

— Si, si, mon enfant, assura-t-il, je peux encore vous croire. Ayez courage et faites confiance au bon papa Hercule Poirot, d'accord ? Dites-moi juste la vérité. Avez-vous dérobé la formule de sir Claud ?

— Non, non, je ne l'ai pas fait ! Je ne l'ai pas prise ! s'écria-t-elle avec véhémence. Mais c'est vrai que j'en ai eu l'intention. Carelli avait fait faire un double de la clé du coffre d'après une empreinte que je lui ai procurée.

Poirot sortit une clé de sa poche et la lui montra.

— Celle-ci ?

Lucia la regarda.

— Oui, tout devait être facile. Carelli m'a donné cette clé. J'étais dans le cabinet de travail en train de m'armer de courage pour ouvrir le coffre quand sir Claud est entré par surprise et m'a trouvée là. C'est la vérité, je le jure !

— Je vous crois, madame, dit Poirot.

Il remit la clé dans sa poche, se dirigea vers le fauteuil et s'assit. Joignant l'extrémité de ses doigts, il réfléchit un moment.

— Mais pourquoi vous êtes-vous montrée si pressée d'accepter l'idée de sir Claud de plonger la pièce dans le noir ?

— Parce que je ne voulais pas qu'on me

fouille, expliqua Lucia. Carelli m'avait passé un message en même temps que la clé, et tous deux étaient dans une poche de ma robe.

— Qu'en avez-vous fait ? demanda Poirot.

— Quand les lumières se sont éteintes, j'ai jeté la clé aussi loin de moi que possible. Là-bas, fit-elle en montrant la chaise sur laquelle Edward Raynor s'était assis la veille au soir.

— Et le message de Carelli ? poursuivit Poirot.

— Je ne savais pas quoi en faire.

Elle se leva et se dirigea vers la table.

— Alors je l'ai glissé entre les pages d'un livre.

Elle prit celui qui se trouvait sur la table et commença à le feuilleter.

— Oui, il est toujours là, annonça-t-elle en sortant un morceau de papier d'entre les pages. Vous voulez le lire ?

— Non, madame, il vous appartient.

S'asseyant sur une chaise à côté de la table, Lucia déchira le message en mille morceaux qu'elle enfouit dans son sac à main. Poirot la regarda faire un moment.

— Encore un détail, une broutille, madame. Auriez-vous par hasard déchiré votre robe hier au soir ?

— Moi ? Non ! s'étonna-t-elle.

— Pendant ces instants d'obscurité, avez-vous entendu le bruit d'un tissu qui se déchire ?

Lucia réfléchit quelques secondes.

— Oui, maintenant que vous en parlez, il me semble bien, articula-t-elle enfin. Mais ce n'était pas la mienne. Ce devait être celle de miss Amory ou de Barbara.

— Bon, ne nous préoccupons pas de cela, éluda Poirot. Maintenant, passons à autre chose. Qui a versé le café de sir Claud ?

— Moi.

— Et vous l'avez posé sur cette table, à côté de votre tasse à vous ?

— Oui.

Poirot se leva, se pencha vers Lucia au travers de la table et lui demanda de but en blanc :

— Dans quelle tasse avez-vous mis la scopolamine ?

Elle le dévisagea d'un air hagard.

— Comment avez-vous su ? balbutia-t-elle.

— C'est mon métier que de savoir. Dans quelle tasse, madame ?

Elle poussa un soupir.

— Dans la mienne.

— Pourquoi ?

— Parce que je voulais... je voulais mourir. Richard soupçonnait quelque chose entre Carelli et moi... une liaison. Il ne pouvait pas être plus loin de la vérité. Je haïssais Carelli ! Je le haïrai toujours. Mais comme j'avais échoué à lui fournir la formule, j'étais sûre qu'il allait tout révéler sur moi à Richard. Me tuer était une façon de m'en sortir... ma seule issue. Un assoupissement rapide, suivi d'un sommeil sans rêves... dont je ne me réveillerais pas... C'est ce qu'il avait dit.

— Qui vous avait dit ça ?

— Le Dr Carelli.

— Je commence à comprendre... oui, je commence à comprendre, murmura Poirot.

Il montra la tasse qui se trouvait encore sur la table.

— Celle-ci est bien la vôtre, en ce cas ? Une tasse pleine dont vous n'avez rien bu ?

— Oui.

— Qu'est-ce qui vous a fait changer d'avis ?

— Richard est venu me parler. Il m'a dit qu'il voulait m'emmener au loin, à l'étranger, qu'il se débrouillerait pour trouver l'argent nécessaire. Il m'a rendu... l'espoir.

— Maintenant, écoutez-moi avec toute votre attention, madame, fit-il gravement. Ce matin, le Dr Graham a emporté la tasse qui était à côté du fauteuil de sir Claud.

— Oui ?

— Ses confrères ne devraient donc rien y relever d'autre que des traces de café ?

Les yeux obstinément rivés sur le sol, Lucia répondit :

— Bien... bien sûr.

— Nous sommes vous et moi d'accord sur ce point, n'est-ce pas ? insista-t-il.

Lucia regarda droit devant elle sans répondre. Puis elle leva les yeux sur lui.

— Pourquoi me fixez-vous ainsi ? s'écria-t-elle. Vous me faites peur !

— J'ai dit, répéta Poirot, qu'ils avaient emporté la tasse qui se trouvait à côté du fauteuil de sir Claud ce matin. Supposons qu'à la place, ils aient emporté *celle qui se trouvait à côté de son fauteuil hier au soir ?*

Il se dirigea vers la table voisine de la porte et sortit une tasse du cache-pot.

— Celle-ci, par exemple !

Lucia se leva d'un bond et porta les mains à son visage.

— Vous savez ! fit-elle dans un souffle.

Poirot s'approcha d'elle.

— Madame ! fit-il d'une voix redevenue sévère. La tasse en leur possession, ils vont l'analyser, s'ils ne l'ont déjà fait, et ne trouveront... rien. Mais cette nuit, j'ai prélevé quelques gouttes du fond de café de la tasse d'origine. Que diriez-vous si je vous annonçais qu'il y avait de la scopolamine dans ce qu'a bu sir Claud ?

Lucia vacilla comme si elle avait reçu un coup, puis elle se ressaisit. L'espace d'un instant, elle demeura silencieuse.

— Vous avez raison, murmura-t-elle enfin. Tout à fait raison. Je l'ai tué.

Sa voix se haussa soudain jusqu'au cri :

— Je l'ai tué ! J'ai mis de la scopolamine dans sa tasse.

Elle se dirigea vers la table et s'empara de la tasse pleine.

— Celle-ci ne contient que du café !

Elle l'approcha de ses lèvres, mais Poirot bondit et s'interposa pour l'arrêter dans son geste.

— Madame ! s'écria-t-il.

Ils se dévisagèrent pendant quelques secondes comme si chacun cherchait à sonder l'autre jusqu'au fond de son âme, puis Lucia éclata en sanglots. Poirot lui prit la tasse des mains et la reposa sur la table.

— Pourquoi m'avez-vous empêchée de mourir ? murmura-t-elle.

— Le monde est si beau, lui rétorqua-t-il. Pourquoi voudriez-vous le quitter ?

— Je... oh !

Elle s'effondra sur le canapé en pleurant à petits sanglots qui semblaient ne jamais devoir s'interrompre.

Quand Poirot reprit la parole, il le fit d'une voix douce et avec chaleur :

— Vous m'avez dit la vérité. C'est dans votre propre tasse que vous avez mis la scopolamine. Je vous crois. Seulement il y en avait également dans l'autre. Alors dites-moi encore une fois la vérité. Qui a mis la scopolamine dans le café de sir Claud ?

Lucia ouvrit sur Poirot des yeux terrorisés.

— Non, non, vous vous trompez. Il n'a rien fait. C'est moi qui l'ai tué, cria-t-elle comme une hystérique.

— *Qui*, n'a rien fait ? *Qui* protégez-vous ? Dites-le-moi, ordonna Poirot.

— Il n'a rien fait, je vous assure, sanglota-t-elle.

On entendit frapper à la porte.

— Ce doit être la police ! estima Poirot. Il ne nous reste que très peu de temps. Je vais vous faire deux promesses, madame. Promesse numéro un, je vais vous sauver...

La voix de Lucia se fit hurlement suraigu.

— Mais puisque je vous dis que c'est moi qui l'ai tué !

— Promesse numéro deux, continua-t-il, imperturbable, je vais sauver votre mari !

— Oh ! s'étrangla-t-elle en le regardant avec ahurissement.

Tredwell, le vieux majordome, apparut sur le seuil et s'adressa à Poirot.

— L'inspecteur Japp, de Scotland Yard, annonça-t-il.

15

Un quart d'heure plus tard, l'inspecteur principal Japp, secondé par le jeune agent Johnson, en avait terminé de son inspection préliminaire de la pièce. Entre deux âges, jovial, rougeaud, court sur pattes et le verbe haut, Japp se remémorait présentement le bon vieux temps en compagnie de Poirot et de Hastings, rentré de son exil dans le jardin.

— Oui, confiait-il à son agent, entre *moussiou* Poirot et moi...

Se piquant de prononciation à la française, il avait toujours hésité entre le *môssieu* et le *moussiou* :

— Entre *moussiou* Poirot et moi, ça remonte à loin. Et ce n'est pas d'hier que vous m'avez entendu parler de lui. Il appartenait encore à la police belge quand nous avons travaillé pour la première fois ensemble. C'était l'affaire Abercrombie, une histoire de faux, hein, Poirot ? Nous l'avons coincé à Bruxelles, ce salopard. Ah ! c'étaient des temps héroïques. Et le « baron » Altara, vous vous rappelez ? Comme escroc, il se posait un peu là ! Il avait filé entre les doigts de la moitié des polices d'Europe mais on l'a épinglé à Anvers... grâce à *moussiou* Poirot, ici présent.

Il se détourna de Johnson pour s'adresser à Poirot :

— Et puis c'est en Angleterre qu'on s'est retrouvés, pas vrai ? Vous aviez pris votre retraite, à ce moment-là, bien sûr. Vous avez résolu cette mystérieuse affaire de Styles, vous vous souvenez ? La dernière fois que nous avons collaboré ensemble, c'était il y a deux ans, je crois bien. L'histoire de ce noble Italien, à Londres. Ça fait vraiment plaisir de vous revoir. J'ai failli tomber à la renverse, tout à l'heure, quand j'ai reconnu votre bonne vieille bobine.

— Ma bobine ? s'inquiéta Poirot, que l'argot anglais ne manquait jamais de dérouter.

— Votre bouille, mon vieux, votre tête ! expliqua Japp avec un large sourire. Bon alors, on va travailler main dans la main sur ce coup-ci ?

Poirot sourit.

— Mon cher Japp, vous connaissez mes petits travers et mes humbles faiblesses !

— Sacré vieux filou ! s'attendrit le policier en décochant à Poirot une bourrade amicale. Sale cachottier, va ! Dites donc, cette Mrs Amory à qui vous parliez quand je suis arrivé, c'est un joli petit lot. La femme de Richard Amory, je suppose ? Je parie que vous ne vous ennuyez pas, vieille fripouille !

L'inspecteur émit un rire tonitruant puis s'installa sur une chaise à côté de la table.

— De toute façon, poursuivit-il, c'est le genre d'affaire qui vous va comme un gant.

Qui convient à votre cerveau tortueux. Tandis que moi, j'ai horreur des histoires d'empoisonnement. On n'a rien sur quoi s'appuyer. Il faut trouver ce que les gens ont mangé, ce qu'ils ont bu, qui a servi — et quasiment qui est venu renifler au-dessus de la nourriture ! Je dois reconnaître que le Dr Graham a bien clarifié la situation. Il dit que le poison doit avoir été mis dans le café. D'après lui, une dose aussi costaud aura eu un effet quasi instantané. Bien entendu, nous saurons tout avec certitude quand nous obtiendrons le rapport d'analyse, mais je pense que nous avons de quoi avancer.

Il se remit sur ses pieds.

— Bon, j'en ai terminé avec cette pièce. Ce qu'il faudrait, c'est que j'aie un petit entretien avec Mr Richard Amory, et que je voie ensuite ce Dr Carelli. Ça m'a tout l'air d'être notre homme. Mais pas d'idées préconçues, comme je me dis toujours, pas d'idées préconçues.

Il se dirigea vers la porte.

— Vous venez, Poirot ?

— Mais bien sûr que je vous accompagne, répondit ce dernier en le rejoignant.

— Le capitaine Hastings aussi, je parie ? fit Japp en partant d'un grand rire. Il vous colle toujours au train comme s'il était votre ombre !

Poirot jeta un regard impérieux à son ami.

— Je pense que Hastings préférera rester ici.

Entrant dans le jeu de façon un peu trop automatique, Hastings s'empressa d'affirmer :

— Oui, oui, je préfère !

— Comme vous voudrez, fit Japp, sans même songer à dissimuler sa surprise.

Poirot et lui sortirent, suivis du jeune agent. Quelques instants plus tard, Barbara Amory, vêtue d'un corsage rose et d'un pantalon clair, rentra du jardin par la porte-fenêtre.

— Ah ! c'est vous, mon gros loup ? Dites donc, qu'est-ce qui vient de nous débarquer comme ça en fanfare ? demanda-t-elle à Hastings en s'asseyant sur le canapé. La police ?

— Oui, répondit-il.

Il s'installa à côté d'elle.

— C'est l'inspecteur Japp, de Scotland Yard. Il est allé voir votre cousin pour lui poser quelques questions.

— Il voudra me poser des questions à moi aussi, vous croyez ?

— Je ne pense pas. Mais même s'il en vient à le faire, lui assura Hastings, il n'y aura pas de quoi vous inquiéter.

— Oh ! je ne m'inquiète pas, déclara Barbara. En fait, je trouverais même ça épatant ! Mais je serais peut-être tentée de broder un peu, histoire de faire sensation. J'adore faire sensation, pas vous ?

Hastings parut embarrassé.

— Je... euh... je ne sais pas. Non, je ne crois pas que j'adore faire sensation.

Barbara Amory lui coula un regard en coin.

— Vous m'intriguez, vous savez, affirma-t-elle. D'où diable sortez-vous ?

— Eh bien j'ai passé plusieurs années en Amérique du Sud, mais avant cela...

— Je l'aurais parié ! s'exclama-t-elle.

Main gauche en visière sur ses yeux, elle affecta de balayer l'horizon d'un geste large.

— Les grands espaces... C'est pour ça que vous êtes si délicieusement vieux jeu et dépassé.

Hastings parut cette fois offensé.

— Vous m'en voyez navré, répliqua-t-il avec raideur.

— Oh ! mais j'adore ça, s'empressa-t-elle d'expliquer. Je vous trouve très chou, vraiment chou comme tout.

— Qu'entendez-vous au juste par vieux jeu ?

— Eh bien, je suis sûre que vous croyez à toutes sortes de vieilles lunes comme les convenances, comme ne pas mentir sauf si on a une très bonne raison de le faire et comme savoir avaler les couleuvres avec le sourire.

— Absolument, acquiesça Hastings un peu surpris. Pas vous ?

— Moi ? Eh bien, est-ce que vous imaginez, par exemple, que je vais entretenir l'illusion selon laquelle la mort de l'oncle Claud serait un drame qui me plonge dans la plus noire des afflictions ?

— Elle ne l'est pas ? s'offusqua-t-il.

— Je vous adore ! s'exclama-t-elle.

Elle se leva et se jucha sur l'accoudoir du canapé.

— Pour ce qui me concerne, c'est l'événement le plus merveilleux qui pouvait survenir. Vous n'avez pas idée des conditions dans lesquelles ce vieux rapiat nous faisait végéter !

Elle se tut, dépassée par la véhémence de ses propres sentiments.

— Je... je ne voudrais pas que vous..., commença Hastings, gêné.

— Vous n'aimez pas la franchise ? l'interrompit-elle. C'est bien ce que je pensais. Vous préféreriez que je m'habille en noir plutôt que comme ça, que je fasse d'une voix brisée l'éloge de ce « pauvre oncle Claud, toujours si bon pour toute sa famille » !

— Allons, voyons ! s'exclama-t-il.

— Pas la peine de me mener en bateau, poursuivit-elle. Je sais bien que vous seriez comme ça au fond, si je vous connaissais mieux. Mais, moi, ce que je prétends, c'est que la vie est trop courte pour qu'on ait le temps de s'embarrasser de tous ces mensonges et tous ces faux-semblants. L'oncle Claud n'était pas bon du tout pour sa famille. Je suis sûre qu'au plus profond de notre cœur nous sommes tous ravis et enchantés de sa mort. Tante Caroline comprise. La pauvre chérie, il lui a fallu le supporter plus longtemps qu'aucun d'entre nous.

Barbara se calma soudain. Quand elle reprit la parole, ce fut sur un ton plus doux.

— Vous savez, j'ai réfléchi. Scientifiquement parlant, tante Caroline peut très bien l'avoir empoisonné. Cette crise cardiaque, hier soir, est vraiment très louche. Je n'y crois pas du tout. Imaginez simplement que ce refoulement de sa personnalité pendant des années ait provoqué chez tante Caroline un fantastique complexe et que...

— Je veux bien croire que ce soit théoriquement possible..., murmura avec précaution Hastings.

— En revanche, ce que je me demande, c'est qui a bien pu chaparder la formule, réfléchit-elle. Tout le monde clame que c'est cet Italien, mais, personnellement, c'est Tredwell que je soupçonne.

— Votre majordome ? Grands dieux ! Pourquoi ?

— Parce qu'il ne s'est à aucun moment approché du cabinet de travail.

— Mais alors..., fit Hastings, ahuri.

— J'ai des côtés très conformistes, d'une certaine manière, avoua-t-elle. On m'a toujours appris qu'il fallait soupçonner la personne la plus invraisemblable. C'est elle, dans les meilleures énigmes policières, qui a immanquablement fait le coup. Et Tredwell est, sans doute aucun, la personne la plus invraisemblable.

— À part vous, peut-être, hasarda Hastings en riant.

— Oh ! moi...

Esquissant un vague sourire, Barbara se leva et s'éloigna de lui.

— Comme c'est curieux...

— Qu'est-ce qui est curieux ? demanda Hastings en se levant à son tour.

— Un truc auquel je viens de penser. Mais sortons dans le jardin. J'ai horreur de moisir entre ces quatre murs.

Elle se dirigea vers la porte-fenêtre.

— Je crains bien de ne pas pouvoir vous suivre, déplora Hastings.

— Pourquoi ?

— Parce que je ne suis pas censé quitter cette pièce.

— Vous savez, cette pièce, comme vous dites, j'ai comme l'impression que vous faites dessus une fixation, releva Barbara. Vous vous rappelez hier au soir ? Nous étions tous ici, anéantis par la disparition de la formule, quand vous êtes entré d'un pas martial pour nous faire aussitôt passer du drame planétaire à la comédie de salon en déclarant comme si de rien n'était : « Quelle ravissante bibliothèque, Mr Amory ! » avant, en bon Anglais, d'enchaîner sur des considérations climatologiques. Un grand moment, votre arrivée en compagnie de cet extraordinaire personnage haut comme trois pommes et qui affichait un air d'immense dignité. Et vous, oh ! si courtois...

— Je reconnais que Poirot peut faire assez bizarre impression à première vue, avoua Hastings. Et il a toutes sortes de petites manies. C'est ainsi qu'il manifeste un amour immodéré de l'ordre sous toutes ses formes. La vue d'un bibelot posé de travers, d'un grain de poussière, voire même, sur une tierce personne, d'un vêtement désajusté lui est une véritable torture.

— Vous formez un tel contraste, tous les deux, fit Barbara en riant.

— Poirot a un système d'investigation bien à lui, vous savez, continua Hastings. L'ordre et la méthode sont sa religion. Il professe le plus grand mépris pour les indices matériels tels que traces de pas, cendres de cigarettes, vous voyez ce que je veux dire. Il soutient que, par eux-mêmes, ils ne sauraient jamais permettre à un détective de résoudre un problème. Le véritable travail, proclame-t-il, s'accomplit de l'intérieur. Sur quoi il tapote avec une infinie satisfaction son crâne en forme d'œuf : « Les petites cellules grises. N'oubliez jamais les petites cellules grises, mon bon ami. »

— Oh ! je reconnais qu'il est chou lui aussi, mais pas autant que vous avec votre « Quelle ravissante bibliothèque ! »

— Mais ravissante, elle l'est ! insista Hastings, quelque peu agacé.

— Personnellement, je ne trouve pas, dit Barbara.

Elle le prit par la main et essaya de l'entraîner vers la porte-fenêtre ouverte.

— De toute façon, vous y êtes maintenant resté assez longtemps. Venez.

— Vous ne comprenez pas, fit Hastings en lui retirant sa main. J'ai promis à Poirot.

— Vous avez promis à M. Poirot de ne pas quitter cette pièce ? articula-t-elle lentement. Mais pourquoi ?

— Ça, je ne peux pas vous le dire.

— Ah ! fit Barbara qui resta un instant silencieuse.

Puis elle changea d'attitude. Passant derrière Hastings, elle entreprit de déclamer d'une voix exagérément théâtrale :

— « Le garçon restait planté sur le pont du navire en flammes... »

— Je vous demande pardon ?

— « ... Que tous, sauf lui, avaient déserté. » C'est de notre brave Felicia Hemans. Quelle poétesse ! Alors, mon petit chou ?

— Je n'arrive décidément pas à vous comprendre, déclara Hastings, exaspéré.

— Pourquoi vous croyez-vous obligé de le faire ? Vous êtes un amour, fit Barbara en glissant son bras sous le sien. Venez, laissez-vous ensorceler. Je vous trouve irrésistible.

— Vous me faites marcher.

— Pas du tout, insista Barbara. Je suis folle de vous. Vous êtes une perle rare. Une relique du passé.

Elle le tira vers la porte-fenêtre, et cette fois, Hastings céda à la pression de son bras.

— Vous êtes décidément une personne peu ordinaire, balbutia-t-il. Totalement différente des femmes que j'ai jusqu'à présent connues.

— Je suis ravie de l'entendre. C'est très bon signe, estima-t-elle tandis qu'ils se faisaient à présent face dans l'encadrement de la porte-fenêtre.

— Bon signe ?

— Bien sûr ! Après une telle déclaration, une fille est en droit de tout espérer !

Hastings rougit jusqu'aux oreilles. Et Barbara, avec un rire léger, l'entraîna dans le jardin.

16

Après qu'ils eurent disparu sous les frondaisons, la bibliothèque ne demeura pas longtemps inoccupée. La porte du hall s'ouvrit en effet bientôt et miss Amory entra, portant un petit sac à ouvrage. Elle se dirigea vers le canapé, posa son sac, s'agenouilla et se mit à tâtonner entre les coussins. Tandis qu'elle était ainsi affairée, le Dr Carelli entra par l'autre porte, avec à la main son chapeau et une petite valise. Apercevant miss Amory, il s'arrêta et marmonna un mot pour se faire pardonner son intrusion.

Retrouvant soudain son aiguille à tricoter, l'auguste demoiselle se releva, le visage un rien empourpré.

— J'avais perdu une aiguille, expliqua-t-elle de façon superflue car elle la brandissait en parlant. Elle avait glissé derrière le coussin. Vous nous quittez, docteur Carelli ? fit-elle en remarquant son bagage.

Il posa chapeau et valise sur une chaise.

— Je craindrais d'abuser de votre hospitalité en restant plus longtemps, fit-il, mondain.

Manifestement ravie, miss Amory parvint néanmoins à faire montre de courtoisie.

— Bien sûr, si tel est votre sentiment...

Puis elle se rappela les circonstances un tantinet spéciales dans lesquelles se trouvaient actuellement les occupants de la maison.

— Mais je croyais qu'il restait quelques fastidieuses formalités à...

La voix indécise, elle laissa sa phrase inachevée.

— Oh ! tout cela est réglé, lui assura-t-il.

— Alors si vous pensez devoir partir...

— Absolument.

— Je vais faire avancer la voiture, s'empressa d'offrir miss Amory en se dirigeant vers la sonnette, à côté de la cheminée.

— Non, non, protesta Carelli, tout cela est réglé aussi.

— Mais vous avez déjà été contraint de descendre votre valise vous-même ! Vraiment, ces domestiques ! Où est passée leur serviabilité, leur sens des responsabilités ?

Elle revint au canapé, s'assit et sortit un tricot de son sac.

— Ils ne sont plus à ce qu'ils font, docteur Carelli. Il n'y en a pas un pour racheter l'autre et garder la tête froide. C'est un monde, non ?

— Ce n'est que trop vrai, répondit-il à tout hasard, bouillant manifestement d'impatience et jetant des regards éloquents en direction du téléphone.

Miss Amory se mit à tricoter en continuant de déverser un flot de paroles sans véritable objet.

— Vous prenez le 12 h 15, j'imagine. Ne partez pas trop juste. Non pas que je veuille vous bousculer, loin de là. À trop presser les gens, comme j'aime à le répéter...

— Cela va de soi, coupa net le Dr Carelli. Mais j'ai tout mon temps, je crois. Euh... je me demandais si je pourrais utiliser votre téléphone ?

Miss Amory leva un instant les yeux.

— Oh ! mais bien évidemment, acquiesça-t-elle sans pour autant s'arrêter de tricoter ni paraître réaliser qu'il voulait peut-être appeler en privé.

— Merci, maugréa-t-il.

Il se dirigea vers la table-bureau, fit ostensiblement mine de relever un numéro dans l'annuaire, puis jeta un regard impatient en direction de miss Amory.

— Je crois que votre nièce vous cherchait, lança-t-il.

Confrontée à ce renseignement, miss Amory eut pour seule réaction de se mettre à parler de Barbara tout en continuant imperturbablement son ouvrage.

— La chère petite ! s'exclama-t-elle. Une enfant tellement adorable ! Vous savez, la vie qu'elle mène ici n'est pas rose tous les jours, et beaucoup trop monotone pour une jeune personne de son âge. Enfin, entre nous soit dit, il n'est pas impossible que la situation change du tout au tout désormais.

Elle s'arrêta quelques instants sur cette agréable pensée avant de poursuivre :

— Non pas que je n'aie pas fait tout ce que je pouvais, mais ce dont une jeune fille a besoin, c'est d'un peu de gaieté. Tout l'Ultrabrille du monde ne remplacera jamais ça.

Le visage du Dr Carelli se fit l'image même de la perplexité. Perplexité doublée d'une dose croissante d'irritation.

— L'Ultrabrille ? ne put-il s'empêcher de demander.

— Oui, Ultrabrille... ou Ultravit, plutôt. Seigneur ! je sais pourtant bien que l'Ultrabrille est une encaustique. Ul-tra-vit, il faut que je me mette cela dans la tête. Des vitamines, vous savez — c'est du moins ce qui est écrit sur la boîte. La A, la B, la C, la D, elles y sont toutes, sauf celle qui vous empêche d'avoir le béribéri. Mais je ne crois pas qu'on risque grand-chose de ce côté-là en Angleterre. C'est une maladie qui n'existe pas dans nos contrées. Elle vient, je crois, du décorticage du riz dans les pays arriérés. Tout cela est tellement intéressant. J'en ai fait prendre à Mr Raynor — de l'Ultra-brille, j'entends — chaque jour après le petit déjeuner. Il était pâlichon, le pauvre petit. J'ai essayé d'en faire prendre aussi à Lucia, mais elle n'a pas voulu.

Miss Amory secoua la tête d'un air réprobateur.

— Et dire que quand j'étais enfant, on m'interdisait les caramels de peur qu'ils ne contiennent des vitamines. Les temps changent, voyez-vous, les temps changent vraiment.

Bien qu'il essayât de le cacher, le Dr Carelli en arrivait à présent au comble de l'exaspération.

— Certes, certes, miss Amory, commenta-t-il le plus poliment qu'il put.

Il la rejoignit près du canapé et tenta une approche plus directe :

— Je crois que votre nièce vous appelle.

— Elle m'appelle, moi ?

— Oui. Vous ne l'entendez pas ?

Elle tendit l'oreille.

— Non... non, confessa-t-elle. Comme c'est curieux.

Elle roula son tricot.

— Vous avez l'ouïe fine, docteur Carelli. La mienne n'est pourtant pas mauvaise. On m'a même souvent dit que...

Sa pelote de laine lui échappa. Carelli la lui ramassa.

— ... Merci beaucoup, docteur. Tous les Amory entendent très bien, vous savez.

Elle se leva du canapé.

— Mon père avait remarquablement conservé toutes ses facultés. À quatre-vingts ans, il lisait sans lunettes.

Elle laissa de nouveau tomber sa pelote, et de nouveau Carelli se baissa pour la lui ramasser.

— Mille mercis... Un homme remarquable, docteur Carelli. Mon père, veux-je dire. Un homme tellement remarquable. Il dormait toujours dans un lit de plumes, à baldaquin bien évidemment, et les fenêtres de sa chambre ne devaient être ouvertes sous aucun prétexte. L'air de la nuit, affirmait-il, est on ne peut plus nocif et délétère. Hélas, lors d'une attaque de goutte, il a été soigné par une jeune femme qui insistait pour que le haut de la fenêtre à guillotine demeure entrebâillé. Mon pauvre père en est mort.

Elle laissa de nouveau tomber la pelote de laine. Cette fois, après l'avoir ramassée, le Dr Carelli la lui plaça fermement dans la main et la pilota vers la porte. Elle n'avança que lentement, sans cesser de parler.

— Ces infirmières d'hôpital, je ne les aime pas du tout, tint-elle à lui signaler. Elles cancanent sur le compte de leurs patients, boivent beaucoup trop de thé et sèment toujours la zizanie parmi les domestiques.

— Ce n'est que trop vrai, chère mademoiselle, ce n'est que trop vrai, se hâta-t-il de renchérir en lui ouvrant la porte.

— Merci beaucoup, fit miss Amory tandis qu'il la propulsait hors de la pièce.

Refermant la porte derrière elle, Carelli se précipita vers la table-bureau et décrocha le combiné du téléphone. Après un silence, il commença à parler à mi-voix et de façon précipitée :

— Ici Market Cleve, un, cinq, trois. Je voudrais un numéro à Londres : Soho, huit, huit, cinq, trois... Non, cinq, trois. C'est ça. Hein ? Vous me rappelez ? Très bien.

Il raccrocha et se tint à côté du téléphone en se rongeant impatiemment les ongles. Au bout de quelques minutes, il traversa la pièce en direction du cabinet de travail de sir Claud, ouvrit la porte et entra. À peine l'avait-il fait qu'Edward Raynor pénétra dans la bibliothèque en venant du hall. Après avoir jeté un coup d'œil circulaire dans la pièce, il se dirigea nonchalamment vers l'âtre. Au moment où il touchait le vase aux allume-feu sur le manteau de la cheminée, Carelli ressortit du cabinet de travail. Quand il referma la porte, Raynor se retourna et le vit.

— Je ne vous savais pas ici ! sursauta le secrétaire.

— J'attends un coup de téléphone, expliqua Carelli.

— Ah !

Il y eut un silence. Puis Carelli s'enquit :

— Quand l'inspecteur de police est-il arrivé ?

— Il y a une vingtaine de minutes, je crois. Vous ne l'avez pas vu ?

— Aperçu, seulement. Et de loin.

— C'est un homme de Scotland Yard, expliqua Raynor. Il élucidait paraît-il une autre affaire dans les environs, aussi la police locale en a-t-elle profité pour faire appel à lui.

— C'est ce qu'il est convenu d'appeler un coup de chance, non ? commenta Carelli.

— Je ne vous le ſais pas dire.

Le téléphone sonna et Raynor se dirigea vers l'appareil. Carelli se hâta de le précéder.

— Ce doit être l'appel que j'attends.

Il regarda Raynor.

— Je me demandais si vous voudriez bien...

— Mais certainement, mon cher, assura le secrétaire. Je m'en vais de ce pas.

Raynor quitta la pièce et Carelli décrocha le combiné.

— Allô ? fit-il à mi-voix. C'est Miguel ?... Oui ?... Non, sacré bon sang ! je n'ai pas pu. Ç'a été impossible... Non, vous ne comprenez pas, le vieux est mort hier soir... Je pars tout de suite... Japp est ici... Japp, vous savez, l'inspecteur de Scotland Yard... Non, je ne l'ai pas encore rencontré... J'espère aussi... Ce soir, 9 heures et demie, à l'endroit habituel... D'accord.

Après avoir raccroché, Carelli s'en fut mettre son chapeau, empoigna sa valise et obliqua vers la porte-fenêtre.

De retour du jardin, Hercule Poirot se présenta à ce moment précis sur le seuil. Et les deux hommes se télescopèrent.

— Je vous demande pardon, s'excusa l'Italien.

— De rien, répondit Poirot, toujours courtois mais sans pour autant lui dégager la sortie.

— Si vous vouliez bien me laisser passer...

— Impossible, susurra Poirot, doucereux. Tout à fait impossible.

— J'insiste.

— Vous ne devriez pas, murmura Poirot avec son plus aimable sourire.

Soudain, Carelli le chargea, tête baissée. Le petit détective esquissa un pas de côté et, d'un mouvement aussi vif qu'inattendu, le déséquilibra. L'Italien tomba dans les bras de Japp qui arrivait comme à point nommé sur les traces de Poirot.

— Tiens donc ! Mais que se passe-t-il ici ? s'exclama l'inspecteur. Ma parole, mais c'est Tonio !

— Ah ! fit Poirot avec un petit rire en s'écartant des deux hommes. Il me semblait bien, mon cher Japp, que vous seriez sans doute capable de donner un nom à ce monsieur.

— Je le connais comme si je l'avais fait faire, confirma le policier. Tonio, c'est quasiment un personnage public. Pas vrai, Tonio ? Je parie que vous ne vous attendiez pas à la prise de *moussiou* Poirot, hein ? Comment appelez-vous ça, Poirot ? Du jiu-jitsu, un truc de ce genre ? Pauvre vieux Tonio !

— Vous n'avez rien contre moi, gronda Carelli tandis que Poirot plaçait la valise de l'Italien sur la table et l'ouvrait. Vous ne pouvez pas me retenir.

— C'est à voir, rétorqua l'inspecteur. Je parie que nous n'aurons plus à chercher bien loin l'homme qui a volé la formule secrète et qui a fait la peau de son proprio.

Se tournant vers Poirot, il ajouta :

— Le chapardage de cette formule, c'est en plein dans le style Tonio, et comme nous l'avons surpris en train d'essayer de filer, je ne serais pas étonné qu'il ait la marchandise avec lui à l'heure qu'il est.

— Je suis bien d'accord avec vous, acquiesça Poirot.

Japp palpa Carelli sous toutes les coutures cependant que Poirot fouillait la valise.

— Alors ? s'enquit le policier.

— Rien, répondit le détective en refermant le bagage. Rien. Vous me voyez déçu, très cher.

— Vous vous croyez très malins, n'est-ce pas ? gronda Carelli. Mais je pourrais vous dire...

Poirot l'interrompit avec calme mais non sans une menace au fond de la voix :

— Vous pourriez peut-être, mais ce serait très maladroit.

— Comment ça ? s'écria Carelli dans un sursaut.

— *Moussiou* Poirot a raison, décréta Japp. Vous feriez mieux de la boucler.

Il se dirigea vers la porte du hall, l'ouvrit et appela :

— Johnson !

Le jeune agent passa la tête.

— Rassemblez-moi la famille, je vous prie. Je veux tout le monde ici.

— Très bien, monsieur, répondit Johnson en se retirant.

— Je proteste ! Je..., haleta Carelli, apparemment effondré.

Mais, attrapant soudain sa valise, il se rua vers la porte-fenêtre. Japp se précipita, le saisit au collet et le projeta sur le canapé tout en lui arrachant sa fameuse valise.

— Personne ne vous a encore fait de mal,

alors inutile de brailler ! aboya-t-il à l'intention de l'Italien à présent maté.

Poirot, cependant, s'était dirigé à petits pas vers la porte-fenêtre.

— S'il vous plaît, ne partez pas tout de suite, mon bon Poirot ! le rappela Japp en posant la valise de Carelli sur la table basse. Ce qui va suivre devrait être très intéressant.

— Oh ! non, Japp, mon très cher, je ne m'en vais pas, assura Poirot. Je ne bougerai pas d'ici. Comme vous dites, cette réunion de famille promet d'être des plus intéressantes.

17

Quand la famille Amory commença à se rassembler dans la bibliothèque quelques minutes plus tard, Carelli rongeait toujours son frein sur le canapé cependant que Poirot restait cantonné près de la porte-fenêtre. Barbara Amory, avec Hastings sur les talons, rentra du jardin et s'en alla rejoindre Carelli sur le canapé tandis que le capitaine se rangeait au côté de Poirot.

— Il me serait fort utile, murmura ce dernier à son compagnon, que vous preniez note — mentalement, j'entends — de l'endroit où tous vont s'asseoir.

— Utile ? Comment cela ? brûla aussitôt de savoir Hastings.

— Psychologiquement, mon bon ami, fut la seule réponse qu'il obtint.

Quand Lucia entra dans la pièce, Hastings la regarda s'asseoir sur une chaise à droite de la table. Richard arriva avec sa tante, miss Caroline Amory, qui prit place sur le tabouret tandis que Richard s'installait derrière la table afin de garder un œil protecteur sur sa femme. Edward Raynor fut le dernier à venir et se positionna derrière le fauteuil. Il fut suivi dans la pièce par l'agent Johnson qui referma la porte et resta debout à proximité immédiate.

Richard Amory présenta à l'inspecteur Japp les deux membres de sa famille qu'il n'avait pas encore rencontrés :

— Ma tante, miss Caroline Amory, et ma cousine, miss Barbara Amory.

— Pourquoi tout ce remue-ménage, inspecteur ? demanda cette dernière après une petite inclinaison de tête.

Japp éluda la question.

— Nous sommes maintenant tous là, je crois ? observa-t-il en se dirigeant vers la cheminée.

Miss Amory semblait tout à la fois tomber des nues et nourrir une certaine appréhension.

— Je crains de ne pas comprendre, souffla-t-elle à Richard. Que... que fait ce... ce monsieur ici ?

— Peut-être serait-il bon que je vous mette au courant, répondit le jeune homme. Tante Caroline... et vous tous, ajouta-t-il en regardant autour de lui, le Dr Graham a découvert que mon père est... est mort empoisonné.

— Quoi ? s'étrangla Raynor cependant que miss Amory lâchait un cri d'horreur.

— Empoisonné à la scopolamine, poursuivit Richard.

Raynor eut un sursaut.

— À la scopolamine ? Mais au fait, j'ai vu...

Il s'arrêta net en regardant Lucia.

L'inspecteur Japp fit un pas dans sa direction.

— Vous avez vu *quoi*, Mr Raynor ?

Le secrétaire parut embarrassé.

— Rien... ou du moins...

Sa voix, hésitante de prime abord, s'éteignit dans un murmure indistinct.

— Je suis désolé, insista Japp, mais il faut que je connaisse la vérité. Allons, tout le monde sait maintenant que vous taisez un renseignement.

— Ce n'est rien, je vous assure, balbutia le secrétaire. Il y a sans doute une explication logique...

— Une explication à quoi, Mr Raynor ? demanda Japp.

Le secrétaire hésitait toujours.

— Eh bien ? J'attends !

— C'est seulement que...

Raynor s'interrompit de nouveau, puis sembla se décider à aller jusqu'au bout de sa phrase :

— J'ai vu Mrs Amory verser de ces petits comprimés dans sa main.

— Quand cela ? s'enquit Japp.

— Hier soir. Je sortais du cabinet de travail de sir Claud. Les autres étaient tous affairés autour du phonographe. J'ai remarqué qu'elle prenait un tube — le tube de scopolamine, m'a-t-il semblé — et versait la plupart des comprimés dans la paume de sa main. Puis sir Claud m'a rappelé dans son cabinet de travail pour vérifier un point de détail et...

— Pourquoi n'en avez-vous rien dit jusqu'à présent ?

Lucia commença à parler mais l'inspecteur la fit taire :

— Une minute, je vous prie, Mrs Amory. J'aimerais d'abord entendre Mr Raynor.

— Je n'y pensais plus du tout. C'est seulement quand Mr Amory a dit, à l'instant, que sir Claud avait été empoisonné à la scopolamine que ça m'est revenu. Je me doute bien sûr qu'il n'y a aucun rapport. C'est seulement la coïncidence qui m'a surpris. Les comprimés pouvaient fort bien ne pas être du tout de la scopolamine. C'est peut-être un des autres tubes qu'elle manipulait.

Japp se tourna enfin vers Lucia.

— Eh bien, madame ? demanda-t-il. Qu'avez-vous à opposer à cela ?

Lucia, quand elle répondit, sembla parfaitement à son aise.

— Je voulais quelque chose qui me fasse dormir.

Japp s'adressa de nouveau à Raynor :

— Elle a pratiquement vidé le tube, avez-vous dit ?

— C'est ce que j'ai cru voir.

Le policier se retourna vers Lucia.

— Vous n'aviez pas besoin de tant de comprimés pour dormir. Un ou deux auraient suffi. Qu'avez-vous fait du reste ?

Elle réfléchit un moment avant de répondre :

— Je... Oh ! et puis, non, je ne me rappelle pas. Je...

Elle était sur le point de continuer lorsque Carelli se dressa sur ses pieds comme pour mieux cracher son venin.

— Vous n'avez pas encore compris, inspecteur ? La voilà, votre meurtrière !

Scandalisée, Barbara se leva du canapé et s'éloigna de Carelli. Hastings se précipita au côté de la jeune fille.

— La vérité, vous allez l'avoir, inspecteur, poursuivit l'Italien. Si je suis ici, c'est que j'y suis spécialement venu pour voir cette femme. Elle m'avait convoqué. Elle affirmait pouvoir s'emparer de la formule de sir Claud et se proposait de me la vendre. J'admets bien volontiers m'être adonné dans le passé à des trafics de ce genre, mais...

— Vous ne nous apprenez pas grand-chose, nous le savions déjà, le coupa Japp en s'interposant entre Lucia et lui.

Il se tourna vers Lucia Amory.

— Qu'avez-vous à répondre à tout cela, madame ?

Lucia se dressa, le visage blême. Richard vint se placer à son côté.

— Je ne permettrai pas..., commença-t-il.

Japp l'interrompit :

— S'il vous plaît, monsieur.

Carelli reprit la parole :

— Regardez cette créature. Nul d'entre vous ne sait qui elle est. Moi, si ! C'est la fille de Selma Goetz. La fille d'une des plus infâmes espionnes que le monde ait connues.

— Ce n'est pas vrai, Richard ! hurla Lucia. Ce n'est pas vrai ! Ne l'écoute pas...

— Je vais vous briser les os ! gronda Richard à l'intention de Carelli.

Japp fit un pas dans sa direction.

— Du calme, monsieur, l'admonesta-t-il, du calme, je vous en prie ! Nous devons aller au fond des choses.

Il s'adressa à Lucia :

— Alors, Mrs Amory ?

Il y eut un silence. Puis Lucia essaya de parler.

— Je... je..., commença-t-elle.

Elle regarda son mari, puis Poirot, et, désemparée, tendit une main implorante en direction du détective.

— Ayez du courage, madame, lui conseilla-t-il. Et faites-moi confiance. Dites-leur la vérité. Avouez-leur tout. Nous en sommes arrivés à un stade où plus rien ne sert de mentir. De gré ou de force, la vérité devra se faire jour.

Elle eut beau lui adresser des regards suppliants, il se borna à répéter :

— Courage, madame. Si, si. Montrez que vous avez du cran. Et parlez.

Ayant dit, il retourna se poster près de la porte-fenêtre.

Après un long silence, Lucia commença à parler d'une voix sourde, à peine audible :

— C'est vrai, je suis la fille de Selma Goetz. Mais il est faux que j'aie demandé à cet homme de venir ici, ou que j'aie proposé de lui vendre la formule de sir Claud. C'est lui qui est venu me faire chanter.

— Te faire chanter ! répéta Richard, abasourdi, en s'approchant d'elle.

Elle se tourna vers lui et poursuivit avec fièvre :

— Il m'a menacée de tout te révéler sur mes origines si je ne lui fournissais pas la formule. Mais je ne l'ai pas fait. Je crois qu'il a dû la voler. Il en a eu l'occasion, il est resté seul, là-bas, dans le cabinet de travail. Et je me rends compte maintenant qu'il voulait que je boive la scopolamine pour me tuer de façon à ce que tout le monde croie que c'était moi qui l'avais dérobée. Il m'a presque hypnotisée pour que je...

Elle s'effondra en sanglots sur l'épaule de son mari.

— Lucia, ma chérie ! s'écria-t-il en l'étreignant.

Puis, après avoir confié sa femme à miss Amory qui s'était levée et enlaçait à présent la malheureuse pour la consoler, il s'adressa à Japp :

— Inspecteur, je désire vous parler en particulier.

Le policier le considéra un instant puis fit un bref signe de tête affirmatif à Johnson.

— Très bien, acquiesça-t-il tandis que le jeune agent ouvrait la porte pour laisser sortir miss Amory et Lucia.

Barbara et Hastings en profitèrent pour retourner dans le jardin par la porte-fenêtre. Edward Raynor, en sortant, murmura à Richard : « Navré pour vous, Amory, vraiment navré. » Lorsque Carelli prit sa valise pour suivre Raynor hors de la pièce, Japp donna ses instructions au jeune agent.

— Ouvrez l'œil sur Mrs Amory — et aussi sur le Dr Carelli.

Celui-ci se retourna au moment de franchir la porte, et Japp continua à s'adresser à son subordonné :

— Que tout le monde file droit, compris ?

— Compris, monsieur, répondit Johnson en quittant la pièce à la suite de Carelli.

— Je suis au regret, Mr Amory, fit Japp à Richard, mais après ce que Mr Raynor vient de nous dire, je suis contraint de prendre toutes les précautions. Et je veux que *moussiou* Poirot reste ici pour être témoin de ce que vous avez à me révéler.

Richard s'approcha de Japp comme un homme parvenu à une décision capitale. Il prit une profonde inspiration.

— Inspecteur ! clama-t-il d'un ton tranchant.

— Eh bien ? Qu'y a-t-il ? demanda Japp. Je vous écoute.

Avec lenteur, avec fermeté, Richard répondit :

— Je crois qu'il est temps pour moi de passer aux aveux. J'ai tué mon père.

Japp sourit.

— Ça ne prend pas, cher monsieur.

— Que voulez-vous dire ? s'étonna Richard.

— Non, cher monsieur, continua Japp. Ou, si vous préférez et pour m'exprimer dans un style qui me convient mieux à moi aussi, je ne mords pas à l'hameçon. Vous tenez beaucoup à votre épouse, à ce que je vois. C'est votre côté jeune marié, et tout et tout. Mais, si vous voulez que je vous dise le fond de ma pensée, se passer la corde au cou pour une femme de peu n'est pas un bon calcul. Encore que celle-ci vaille sacrément le coup d'œil, pas d'erreur, ça je le reconnais bien volontiers.

— Inspecteur Japp ! s'écria Richard avec colère.

— Inutile de vous fâcher contre moi, poursuivit Japp, imperturbable. Je vous ai dit la vérité vraie sans tourner autour du pot, et je ne doute pas que *moussiou* Poirot ici présent vous tienne tôt ou tard le même discours. Désolé, monsieur, mais le devoir est le devoir et un crime est un crime. Un point, c'est tout.

Et, sur un signe de tête péremptoire, il quitta la pièce.

Richard se tourna vers Poirot qui avait observé la scène depuis le canapé.

— Eh bien, lui demanda-t-il, glacial, tiendrez-vous le même discours, monsieur Poirot ?

Celui-ci se leva, tira un étui à cigarettes de sa poche et en sortit une. Au lieu de répondre à Richard, il posa une de ses propres questions :

— Monsieur Amory, quand avez-vous pour la première fois soupçonné votre femme ?

— Je n'ai jamais...

Poirot l'interrompit en prenant une boîte d'allumettes sur la table.

— S'il vous plaît, monsieur Amory, fit-il, je vous en prie : rien que la vérité ! Vous l'avez soupçonnée, je le sais. Vous l'avez soupçonnée avant mon arrivée. C'est pourquoi vous étiez aussi impatient de me voir partir de cette maison. Ne niez pas. Il est impossible d'abuser Hercule Poirot.

Il alluma sa cigarette, reposa la boîte d'allumettes et leva la tête pour adresser un sourire à l'homme beaucoup plus grand que lui qui le dominait d'une tête. Ils formaient un contraste grotesque.

— Vous vous trompez, répondit Richard avec raideur. Vous vous trompez du tout au tout. Comment pourrais-je soupçonner Lucia ?

— Et pourtant, bien sûr, il y aurait matière à vous accuser vous aussi. Vous avez eu le produit en main, vous avez eu le café en main, vous étiez à court d'argent et cherchiez par tous les moyens à vous en procurer. Non, on ne pourrait reprocher à personne de vous soupçonner.

— L'inspecteur Japp ne semble pas de cet avis, fit remarquer Richard.

— Oh ! Japp... Il raisonne comme le commun des mortels, sourit Poirot. Pas comme une femme amoureuse.

— Une femme amoureuse ? répéta Richard, éberlué.

— Laissez-moi vous donner une leçon de psychologie, monsieur, offrit Poirot. Sitôt après mon arrivée, votre femme est venue me supplier de rester pour découvrir l'assassin. Une femme coupable aurait-elle agi de la sorte ?

— Vous voulez dire..., commença vivement Richard.

— Je veux dire, le coupa Poirot, qu'avant le coucher du soleil, ce soir, vous lui demanderez pardon à deux genoux.

— Qu'est-ce que vous racontez ?

— J'en raconte trop peut-être, admit Poirot en se levant. Maintenant, monsieur, remettez-vous-en à moi. À moi, Hercule Poirot.

— Vous pouvez la sauver ? demanda Richard, le désespoir dans la voix.

Poirot le considéra d'un air grave.

— J'ai engagé ma parole — encore qu'au moment où je l'ai fait, je ne mesurais pas combien ce serait difficile. Vous voyez, le temps est très court, il faut agir vite. Promettez-moi de faire exactement ce que je vous dirai, sans poser de questions ni créer de problèmes. C'est d'accord ?

— D'accord, articula Richard plutôt à contrecœur.

— Bien. À présent, écoutez-moi. Ce que je suggère n'est ni compliqué ni impossible. C'est simple bon sens, en fait. Livrez vite cette maison à la police. Ils vont y débarquer en masse. Ils vont mettre leur nez partout. Pour vous-même et votre famille, ce pourrait être fort déplaisant. Je propose que vous quittiez les lieux.

— Livrer la maison à la police ? demanda Richard avec incrédulité.

— C'est ce que je propose, répéta Poirot. Bien entendu, vous devrez rester dans les parages. Mais l'hôtel local est tout à fait confortable. Réservez-y des chambres. Comme cela, vous serez à disposition quand la police voudra vous interroger tous.

— Et quand, selon vous, cela devrait-il se faire ?

Poirot lui adressa un large sourire.

— Mais... tout de suite.

— Cela ne va-t-il pas sembler très bizarre ?

— Pas du tout, pas du tout, assura le petit détective en souriant de nouveau. Cela apparaîtra comme une manifestation de très... comment dire ?... de très grande sensibilité. Vous associez ce lieu à des pensées haïssables, vous ne pouvez pas supporter d'y rester une heure de plus. Je vous assure, cela passera très bien.

— Mais... et l'inspecteur ?

— J'arrangerai tout moi-même avec l'inspecteur Japp.

— Je ne vois quand même pas à quoi cela va nous avancer, persista Richard.

— Non, bien sûr, vous ne le voyez pas, fit Poirot avec une suffisance non dissimulée.

Il haussa les épaules.

— Mais peu importe. Moi, Hercule Poirot, je le vois. C'est cela, et cela seul, qui importe.

Il prit Richard par les épaules.

— Allez, faites le nécessaire. Ou si vous ne pouvez vous y résoudre, chargez Raynor de le faire à votre place. Allez ! Allez !

Il le poussa pratiquement jusqu'à la porte.

Se retournant pour jeter au petit Belge un dernier regard angoissé, Richard quitta la pièce.

— Ah ! ces Anglais ! marmonna Poirot. Quelles têtes de pioche !

Il gagna le seuil de la porte-fenêtre et appela :

— Mademoiselle Barbara !

18

En réponse à l'appel de Poirot, Barbara Amory accourut bientôt.

— Qu'y a-t-il ? demanda-t-elle. Il s'est passé du nouveau ?

Poirot lui adressa son sourire le plus enjôleur.

— Non, mademoiselle, je me demandais tout au plus si vous consentiriez à vous priver de mon collaborateur et ami pour une minute... voire deux, le cas échéant ?

La réponse de Barbara fut accompagnée d'un regard mutin.

— Ah ! c'est comme ça ! Tout ce que vous voulez, c'est m'arracher mon choupinet ?

— Votre... « choupinet », mademoiselle ? Oh ! juste un instant, je vous promets.

— Dans ce cas, c'est d'accord, monsieur Poirot.

Elle se tourna vers le jardin et cria :

— Choupinet ! Votre tortionnaire vous réclame !

— Je vous remercie, fit Poirot en plongeant dans une de ses courbettes les plus révérencieuses.

Barbara repartit pour le jardin et, quelques instants plus tard, Hastings, tête basse, réintégra la bibliothèque.

— Eh bien, qu'avez-vous à déclarer pour votre défense ? l'attaqua Poirot, feignant d'être fâché.

Hastings esquissa un sourire contrit.

— C'est bien beau, de prendre un air

penaud, le réprimanda Poirot. Comment ? Je vous laisse de garde ici et n'ai pas plus tôt le dos tourné que vous vous en allez baguenauder sous les frondaisons avec cette jeune personne, fort attrayante au demeurant, je vous l'accorde. Vous êtes généralement le plus fiable des hommes, très cher, mais dès qu'une jolie femme entre en scène, votre proverbial flegme britannique s'en retrouve cul par-dessus tête. Alors, zut et flûte !

Le sourire penaud de Hastings s'évanouit pour faire place au rouge de la honte.

— Vraiment, je suis confus, Poirot. Je m'étais contenté de risquer, le temps d'une seconde, quelques pas au soleil et puis je vous ai vu par la fenêtre revenir dans la pièce, alors j'ai estimé que mon absence n'avait plus d'importance.

— Vous avez surtout estimé préférable de m'éviter ! tonna Poirot. Eh bien, Hastings, très cher, peut-être êtes-vous la cause de dommages irréparables. J'ai trouvé ici Carelli. Dieu seul sait ce qu'il y faisait, ou quels indices il s'ingéniait à y fausser.

— Je vous le répète, Poirot, je suis désolé, se confondit encore en excuses le malheureux capitaine. Absolument désolé.

— Si l'irréparable n'a pas été commis, nous en serons plus redevables à la chance qu'à toute autre raison. Mais maintenant, mon bon ami, le moment est venu d'utiliser nos petites cellules grises.

Mimant le geste de gifler Hastings, il donna en fait à son compagnon une petite tape amicale sur la joue.

— Ouf ! s'exclama Hastings, défaillant de soulagement. Nos petites cellules grises, dites-vous ? Bien ! Mettons-les donc au travail.

— Non, pas *bien*, répondit Poirot. C'est mauvais, au contraire. Obscur.

Tout, dans l'expression de son visage, trahissait l'étendue de son trouble.

— Il fait noir, aussi noir que la nuit dernière.

Il réfléchit un moment, puis ajouta :

— Au fait... si... Je crois que j'ai peut-être une idée. Le germe d'une idée. Oui, nous commencerons par là !

De nouveau perdu en chemin après son nouvel élan d'enthousiasme, Hastings offrait l'image même de la déroute.

— De quoi diable parlez-vous ?

Le ton de voix de Poirot changea, pour devenir grave et pensif :

— Pourquoi sir Claud est-il mort, Hastings ? Répondez-moi. Pourquoi sir Claud est-il mort ?

Hastings écarquilla les yeux.

— Mais cela, nous le savons ! s'écria-t-il.

— Ah bon ? Vous en êtes vraiment sûr ?

— Euh... oui, répliqua Hastings quelque peu hésitant. Il est mort... il est mort parce qu'il a été empoisonné.

Poirot eut un geste d'impatience.

— Certes, mais *pourquoi* a-t-il été empoisonné ?

Hastings s'abîma dans ses réflexions.

— Sans doute parce que le voleur s'imaginait...

Poirot secoua lentement la tête pendant que Hastings poursuivait :

— ... parce que le voleur s'imaginait... qu'il avait été percé à jour...

Il s'interrompit de nouveau en voyant Poirot continuer à faire non de la tête.

— Supposez, Hastings, fit Poirot dans un murmure, supposez seulement que le voleur n'ait rien imaginé ?

— Je ne vois pas très bien, confessa Hastings.

Poirot s'éloigna, puis se retourna en levant le bras comme s'il voulait par là retenir l'attention de son ami. Enfin, il s'immobilisa et s'éclaircit la gorge.

— Laissez-moi vous exposer la suite des événements tels qu'ils auraient pu se dérouler. Ou plutôt comme je pense qu'il était prévu qu'ils se déroulassent.

Impressionné par ce subjonctif, Hastings prit la chaise près de la table et s'assit, tandis que Poirot poursuivait :

— Sir Claud meurt un beau soir dans son fauteuil...

Il alla s'asseoir dans le fauteuil en question et réfléchit un moment avant de reprendre :

— Oui, sir Claud meurt un beau soir dans son fauteuil. Cette mort ne présente pas d'éléments suspects. On l'attribuera selon toute probabilité à un accident cardiaque. Quelques jours s'écouleront avant que l'on examine ses papiers personnels. Son testament est le seul document que l'on cherchera. Ce n'est qu'après les obsèques, normalement, que l'on s'apercevra que ses notes sur le nouvel explosif sont incomplètes. Peut-être ne saura-t-on jamais que la formule exacte avait été trouvée. Vous voyez ce que cela donne à notre voleur, Hastings ?

— Oui, répondit à tout hasard son ami.

— Quoi ? demanda Poirot.

Hastings prit un air hébété.

— Quoi ? répéta-t-il, mortifié.

— Une marge de sécurité. Voilà ce que cela donne au voleur. Il peut se défaire de son butin tranquillement, quand il le veut. Aucune pression sur lui. Même si l'existence de la formule est connue, il aura eu tout le temps de brouiller sa piste.

— Évidemment, c'est une idée... oui, j'en ai bien l'impression, commenta Hastings, point trop convaincu.

— Et comment, c'est une idée ! vociféra Poirot. Ne suis-je pas Hercule Poirot ? Mais observons à présent où cette idée nous mène. Elle nous dit que le meurtre de sir Claud n'a pas été effectué au petit bonheur la chance ni au hasard du moment. Il a été prémédité. Prémédité. Vous voyez où nous sommes à présent ?

— Non, reconnut Hastings dans un élan de vertueuse franchise. Vous savez très bien que je ne vois jamais ces choses-là. Tout ce que je suis à même de voir, c'est que nous nous trouvons actuellement vous et moi dans la bibliothèque de la maison de sir Claud, c'est là mon maximum.

— Oui, mon tout bon, et vous avez mille fois raison. Nous nous trouvons en effet dans la bibliothèque de la maison de sir Claud. Seulement ce n'est pas le matin, mais le soir. Les lumières viennent juste de s'éteindre. Les plans du voleur ont mal tourné.

Poirot s'assit tout droit et agita son index avec emphase pour appuyer ses arguments.

— Sir Claud, qui dans le cours normal des choses n'aurait pas dû aller à son coffre avant le lendemain, a par pur hasard découvert la perte de sa formule. Et comme il le dit lui-même, cet endroit est une ratière. Le voleur est pris au piège, fait comme un rat. Seulement voilà, notre voleur, qui est aussi l'assassin, connaît un détail que sir Claud ignore. Il sait que, dans quelques instants, le savant sera à jamais réduit au silence. Il — ou elle — a un problème à résoudre, et un seul : tirer profit de ces quelques minutes d'obscurité pour mettre le papier en sécurité. Fermez les yeux, Hastings, comme je ferme les miens. Les lumières se sont éteintes, nous ne voyons plus rien. Mais nous pouvons entendre. Répétez-moi aussi exactement que possible les paroles de miss Amory quand elle nous a décrit cette scène.

Hastings ferma les yeux. Puis il commença à parler. À parler lentement, en faisant un effort de mémoire et en s'interrompant souvent.

— Des halètements, articula-t-il. Ou des soupirs, si vous préférez...

Poirot acquiesça de la tête.

— Plein de petits halètements, poursuivit Hastings tandis que Poirot confirmait encore de la tête.

Hastings se concentra un moment avant de reprendre :

— Le bruit d'une chaise qui tombe... une sorte de tintement métallique. Le bruit de la clé, j'imagine.

— Exact, fit Poirot. Continuez.

— Un cri. Celui de Lucia. Elle appelait sir Claud. Puis les coups frappés à la porte... Oh ! attendez un moment... Tout au début, un bruit de soie qui se déchire.

Hastings rouvrit les yeux.

— Oui, de la soie qui se déchire ! s'écria Poirot.

Il se leva, se dirigea vers la table-bureau puis traversa la pièce jusqu'à la cheminée.

— Tout se passe là, Hastings, dans ces quelques instants d'obscurité. Tout. Et pourtant, nos oreilles ne nous disent... rien.

Il s'arrêta devant le manteau de cheminée et redressa machinalement les allume-feu en papier dans leur vase.

— Ah ! de grâce, laissez ces satanés tortillons de papier tranquilles, Poirot ! maugréa Hastings. Vous êtes toujours à les tripoter.

Son attention soudain captée, Poirot retira sa main.

— Que dites-vous ? demanda-t-il. Mais oui, c'est vrai.

Il regarda fixement le vase d'allume-feu.

— Je me rappelle les avoir redressés il y a une heure à peine. Et maintenant, il faut encore que je les remette d'aplomb.

L'excitation le gagnait.

— Eh bien, Hastings, pourquoi ?

— Parce qu'ils sont tordus, je suppose, bâilla le capitaine. Encore votre fichue manie de la symétrie.

— De la soie qu'on déchire ! s'exclama Poirot. De la soie ? Non, Hastings, mon tout bon ! Et pourtant le bruit est le même.

Il fixa de nouveau les allume-feu en papier et empoigna le vase qui les contenait.

— C'est du *papier* qu'on déchire..., continua-t-il en s'éloignant de la cheminée avec sa proie.

Son excitation se communiqua à Hastings.

— Mais qu'est-ce qui vous prend ? demanda ce dernier en bondissant sur ses pieds et en s'approchant de son ami.

Planté devant le canapé, Poirot y avait renversé les allume-feu et les examinait attentivement. De temps à autre, il en tendait un à Hastings en marmonnant entre ses dents :

— En voilà un... Ah ! un autre...

Hastings dépliait les tortillons et les parcourait des yeux avec soin.

— *C 19, N 23*, commença-t-il à lire dans l'un d'eux.

— Oui ! C'est ça ! s'exclama Poirot. C'est la formule !

— Mais c'est fantastique !

— Vite ! Retordez-les ! ordonna Poirot, ce que Hastings commença à faire. Ah ! que vous êtes lent, mon bon ! Vite ! Vite !

Arrachant les allume-feu des mains de Hastings, il les remit dans le vase qu'il se hâta de reposer sur le manteau de cheminée. Abasourdi, Hastings vint le rejoindre.

Poirot jubilait.

— Ce que je fais là vous intrigue, hein ? Dites-moi, Hastings, qu'avons-nous ici dans ce vase ?

— Des allume-feu, pardi, répondit le capitaine, nuançant son propos de toute l'ironie dont il était capable.

— Non, mon bon ami, c'est du fromage.

— Du fromage ?

— Exactement, mon tout bon. Du fromage. Un beau morceau de fromage.

— Dites-moi, Poirot, s'enquit Hastings, vous êtes sûr que vous vous sentez bien ? Vous ne souffririez pas de violente migraine, par hasard ?

Poirot ignora les sarcasmes de son compagnon.

— À quoi utilise-t-on couramment du fromage, Hastings ? Je vais vous le dire. Comme appât dans une ratière. Nous n'attendons plus qu'une chose, à présent : le rat.

— Et le rat...

— Il va venir, mon très cher, assura Poirot. Soyez-en certain. Je lui ai envoyé un message. Il ne manquera pas d'y répondre.

Avant que Hastings n'ait eu le temps de réagir à la déclaration sibylline de Poirot, la porte s'ouvrit et Edward Raynor entra dans la pièce.

— Ah ! vous êtes ici, monsieur Poirot, constata le secrétaire. Et vous aussi, capitaine Hastings. L'inspecteur Japp est en haut, à l'étage, et souhaiterait vous parler à tous les deux.

19

— Nous arrivons tout de suite, répondit Poirot.

Suivi de Hastings, il se dirigea vers la porte tandis que Raynor traversait la bibliothèque en direction de la cheminée. Sur le point de sortir, Poirot pivota soudain sur ses talons pour s'adresser au secrétaire.

— Au fait, Mr Raynor, demanda le détective en revenant au centre de la pièce, sauriez-vous par hasard si le Dr Carelli est venu ici, ce matin ?

— Oui, acquiesça Raynor. Je l'y ai en effet trouvé.

— Ah ! commenta Poirot, en se frottant les mains. Et que faisait-il ?

— Il téléphonait, je crois.

— Il était en train de le faire quand vous êtes arrivé ?

— Non, il revenait tout juste du cabinet de travail de sir Claud.

Poirot évalua un instant la valeur du renseignement, puis demanda à Raynor :

— Où vous trouviez-vous exactement, à ce moment-là ? Vous vous rappelez ?

— Oh ! quelque part par ici, répondit Raynor, toujours debout à côté de la cheminée.

— Avez-vous entendu une quelconque partie de sa conversation au téléphone ?

— Non, répondit le secrétaire. Il m'avait assez bien fait comprendre qu'il voulait être seul pour que je préfère m'esquiver.

— Je comprends.

Poirot hésita, puis sortit un calepin et un crayon de sa poche. Il écrivit quelques mots sur une page qu'il arracha.

— Hastings ! appela-t-il.

Celui-ci, qui était resté du côté de la porte, s'approcha de lui et Poirot donna à son ami le feuillet plié.

— Auriez-vous la gentillesse de monter cela à l'inspecteur Japp ?

Raynor regarda Hastings quitter la pièce pour porter son message et s'enquit :

— De quoi s'agissait-il ? Vous avez du nouveau ?

Poirot répondit en remettant carnet et crayon dans sa poche :

— J'ai signalé à Japp que je le rejoindrais d'ici à quelques minutes et que je serais peut-être en mesure de lui donner le nom de l'assassin.

— Vraiment ? Vous savez qui c'est ? s'enthousiasma Raynor.

Il y eut un moment de silence. Poirot semblait tenir le secrétaire sous le charme de sa personnalité. Fasciné, Raynor fixa le détective tandis que ce dernier commençait lentement à parler.

— Oui, je crois savoir — enfin — qui est l'assassin, annonça Poirot. Cela me rappelle une autre affaire, il n'y a pas si longtemps. Jamais je n'oublierai le meurtre de sir Edgware. J'ai presque été battu — moi, Hercule Poirot ! — par la naïve astuce d'une créature sans foi ni loi mais qui n'était, à tout prendre, qu'une tête de linotte. Voyez-vous, monsieur Raynor, les individus primaires ont souvent le génie de commettre des crimes d'une redoutable simplicité et de ne plus y toucher. Espérons que l'assassin de sir Claud, au contraire, est un être intelligent, supérieur, foncièrement satisfait de lui-même et incapable de s'empêcher de... — comment dire ? — de rajouter des fioritures au tableau.

Une vive excitation illuminait les yeux de Poirot.

— Je ne suis pas sûr de vous comprendre, fit Raynor. Vous voulez dire que ce ne serait pas Mrs Amory ?

— Non, ce n'est pas Mrs Amory, répondit-il. C'est pour cela que j'ai rédigé mon petit message. Cette infortunée jeune femme a suffisamment souffert jusqu'ici. Il faut lui épargner tout nouvel interrogatoire.

Raynor sembla réfléchir.

— Alors je parie que c'est Carelli ! s'exclama-t-il. Je ne me trompe pas ?

Poirot agita plaisamment son doigt devant lui.

— Monsieur Raynor, il faut me laisser garder mes petits secrets jusqu'au dernier moment.

Il sortit son mouchoir et s'épongea le front.

— Mon Dieu, qu'il fait donc chaud, aujourd'hui ! se plaignit-il.

— Voulez-vous boire quelque chose ? demanda Raynor. Je manque à tous mes devoirs. J'aurais dû vous le proposer plus tôt.

Le visage de Poirot s'illumina.

— Vous êtes très aimable, fit-il avec un grand sourire. Je prendrai un whisky, si vous le voulez bien.

— Certainement. Juste un instant.

Il sortit de la pièce cependant que Poirot s'en allait flâner du côté de la porte-fenêtre et regardait un moment dans le jardin. Puis le petit Belge se dirigea vers le canapé et secoua les coussins avant de revenir examiner les bibelots sur le manteau de la cheminée.

Quelques instants plus tard, Raynor revint avec deux whiskies soda sur un plateau. Il vit Poirot lever la main vers un des objets de la tablette.

— Voici une antiquité de valeur, j'imagine, commenta ce dernier en soulevant un pot.

— Ah bon ? fit Raynor avec un total manque d'intérêt. Je ne connais rien à ces babioles. Venez boire un verre, proposa-t-il en posant le plateau sur la table basse.

Poirot le rejoignit.

— Merci.

Raynor prit un verre.

— À votre santé, fit-il en buvant.

Avec une petite inclinaison de la tête, Poirot porta l'autre verre à ses lèvres.

— À la vôtre, mon excellent ami. Et maintenant, laissez-moi vous faire part de mes soupçons. Tout d'abord, je me suis aperçu que...

Il s'interrompit soudain et tourna brusquement la tête comme s'il venait de surprendre un bruit. Jetant un regard d'abord à la porte, puis à Raynor, il mit un doigt sur ses lèvres pour indiquer que quelqu'un était sans doute en train d'écouter.

D'un hochement de tête, Raynor montra qu'il avait compris. Les deux hommes s'approchèrent de la porte sur la pointe des pieds et

Poirot fit signe au secrétaire de rester à l'intérieur. Il ouvrit le battant à la volée et bondit à l'extérieur, mais ce fut pour rentrer immédiatement, le front bas et la mine dépitée.

— Bizarre, confia-t-il à Raynor, j'aurais pourtant juré avoir entendu quelque chose. Bon, je me suis trompé. Voilà qui ne m'arrive pas si souvent. À votre santé, mon ami.

Il vida le contenu de son verre.

— Ouf ! s'exclama Raynor avant de boire à son tour.

— Je vous demande pardon ? interrogea Poirot.

— Rien. Je me sens soulagé, c'est tout.

Poirot s'approcha de la table et posa son verre.

— Vous savez, monsieur Raynor, confessa-t-il, pour être tout à fait honnête avec vous, je ne me suis jamais vraiment habitué à votre boisson nationale, le whisky. Ce goût ne me plaît guère. C'est amer.

Il alla s'asseoir dans le fauteuil.

— Vraiment ? s'étonna Raynor. Vous m'en voyez navré. Amer, le mien ne l'est pas du tout.

Il posa son verre sur la table basse et continua :

— Je crois que vous étiez sur le point de me dire quelque chose, à l'instant ?

Poirot parut s'arracher à un songe.

— Moi ? Qu'est-ce donc que cela pouvait être ? Aurais-je déjà oublié ? Il est possible que j'aie souhaité vous expliquer comment je procède dans mes enquêtes. Comment fais-je, à propos ? Oui, c'est cela. Un fait avéré, voyez-vous, me mène à un autre et je remonte la piste. Ce fait nouveau peut-il s'intégrer au reste ? Oui ? À merveille ! Parfait ! Je suis en mesure de poursuivre. Et ce petit détail, là ? Non ? Tiens, c'est curieux ! Il manque quelque chose... un maillon de la chaîne. J'examine, je pèse le pour et le contre, je cherche. Et ce petit détail bizarre, ce fait peut-être dérisoire qui ne veut pas cadrer, je le mets... là !

Poirot fit un extravagant geste de la main.

— Et il devient significatif, ce petit détail dérisoire ! Il devient *énorme* !

— Euh... oui, articula Raynor d'une voix dubitative.

Poirot agita son index si frénétiquement devant le visage du secrétaire que celui-ci recula presque.

— En revanche, attention ! Malheur au détective qui décrète : « Il est tellement petit, ce détail. Peu importe qu'il ne cadre pas. Oublions-le. » C'est le meilleur moyen de se tromper. *Tout* a de l'importance.

Poirot s'arrêta soudain et se frappa le front.

— Ah ! je me souviens, maintenant, de quoi je voulais vous parler. D'un de ces petits détails dérisoires. Je voulais vous parler de poussière, monsieur Raynor.

Celui-ci eut un sourire poli.

— De poussière ?

— Exactement. De poussière, répéta Poirot. Mon ami Hastings me rappelait il y a peu que je suis détective et pas femme de ménage. Il se croyait très futé de faire une telle distinction, mais je ne partage pas son avis. Une femme de ménage et un détective ont après tout nombre de points communs. À quoi s'échine la femme de ménage ? À explorer tous les recoins sombres avec son balai. Elle ramène au grand jour toutes les petites crasses et saletés cachées qui ont opportunément glissé hors de vue. Le travail du détective n'est-il pas très voisin ?

— Fort intéressant, monsieur Poirot, parvint à articuler Raynor en dépit de son ennui apparent.

Il approcha la chaise de la table et s'assit.

— Est-ce là tout ce que vous vouliez me dire ?

— Pas tout à fait, avoua Poirot.

Il se pencha en avant.

— Vous ne m'avez pas jeté de poudre aux yeux, monsieur Raynor, vous ne m'avez pas aveuglé avec de la poussière et ceci pour l'excellente raison qu'il n'y avait pas de poussière. Vous comprenez ?

Le secrétaire le fixa intensément.

— Pas très bien, non.

— Il n'y avait pas de poussière sur cette boîte de produits pharmaceutiques. Mademoiselle Barbara me l'a fait remarquer. Or, il aurait dû y en avoir. L'étagère du haut, sur laquelle elle est rangée...

Il la lui montra du doigt en parlant.

— Cette étagère en est couverte d'une couche épaisse. C'est là que j'ai su...

— Que vous avez su quoi ?

— Que quelqu'un avait déjà descendu cette boîte récemment, continua Poirot. Que l'assassin de sir Claud n'avait pas eu besoin de s'approcher des produits hier soir puisqu'il s'était servi à loisir auparavant, à un moment où il savait qu'il ne serait pas dérangé. Vous ne vous êtes pas approché de la boîte, la nuit dernière, parce que vous aviez déjà pris la scopolamine qu'il vous fallait. En revanche, le café, vous l'avez bel et bien eu entre les mains, monsieur Raynor.

Le secrétaire eut un sourire patient.

— Grands dieux ! Vous m'accusez d'avoir assassiné sir Claud ?

— Niez-vous l'avoir fait ? lui rétorqua Poirot.

Raynor prit un temps avant de répondre. Quand il parla, ce fut avec, dans la voix, une dureté nouvelle.

— Oh ! non, je ne le nie pas. Pourquoi le ferais-je ? Je suis plutôt satisfait de la manière dont j'ai mené ma petite affaire. Mon plan aurait dû se dérouler sans accroc. C'est la malchance seule qui a voulu que sir Claud rouvre son coffre hier soir. Il ne l'avait jamais fait par le passé.

— Pourquoi me racontez-vous tout cela ? demanda Poirot sur un ton assoupi.

— Pourquoi ne le ferais-je pas ? Vous m'êtes tellement sympathique ! C'est un plaisir que de bavarder avec vous.

Il rit et continua :

— Oui, les choses ont failli mal tourner. Mais c'est de cela que je tire fierté : d'avoir transformé un échec en succès.

Une expression de triomphe se peignit sur son visage.

— Trouver ainsi de but en blanc une cachette, ce n'est pas à la portée du premier venu. Vous voulez que je vous dise où se trouve la formule en ce moment ?

Sa somnolence paraissant s'accentuer, Poirot montra de la difficulté à s'exprimer clairement.

— Je... je ne vous comprends pas, murmura-t-il.

— Vous avez commis une bévue, monsieur Poirot, fit Raynor avec un rictus de mépris. Vous m'avez sous-estimé. Je ne me suis pas laissé prendre, tout à l'heure, à votre ingénieuse diversion sur ce pauvre minable de Carelli. Un homme de votre intelligence ne pouvait pas sérieusement imaginer que Carelli... allons ! ça ne tenait pas debout. Moi, voyez-vous, je ne joue que gros jeu. Ce morceau de papier porté où il faut, c'est cinquante mille livres pour moi.

Il s'appuya au dossier de sa chaise.

— Imaginez ce qu'un homme de ma trempe peut faire avec cinquante mille livres.

— Je... je préfère... ne pas y penser, parvint à articuler Poirot d'une voix de plus en plus pâteuse.

— Peut-être, en effet. Bah ! je comprends ça, concéda Raynor. Chacun son point de vue.

Poirot se pencha en avant et parut faire effort pour se ressaisir.

— Ça ne se... passera pas... comme ça, haleta-t-il. Je vous... je vous dénoncerai. Moi, Hercule Poirot...

Il s'interrompit soudain.

— Hercule Poirot ne fera rien du tout, articula Raynor tandis que le détective s'affaissait en arrière dans son fauteuil.

Il poursuivit avec un rire qui était presque un ricanement :

— Vous ne vous doutiez de rien, hein, même

quand vous avez trouvé le whisky amer ? Vous voyez, mon cher monsieur Poirot, je n'avais pas seulement pris un, mais plusieurs tubes de scopolamine dans cette boîte. Vous en avez avalé autant sinon plus que sir Claud.

— Mon Dieu ! s'étrangla Poirot en se débattant pour se lever. Hastings ! Has...

Sa voix, déjà affaiblie, s'estompa tout à fait. Il retomba dans son fauteuil. Ses paupières se fermèrent.

Raynor se remit debout, poussa sa chaise de côté et vint se placer au-dessus de Poirot.

— Essayez de rester éveillé, monsieur Poirot. Je suis sûr que vous aimeriez savoir où la formule est cachée, n'est-ce pas ?

Il attendit un instant, mais les yeux du détective demeurèrent clos.

— Un assoupissement rapide, suivi d'un sommeil sans rêves mais dont vous ne vous réveillerez pas, comme le dit si bien notre cher ami Carelli, commenta sèchement Raynor en allant vers le manteau de la cheminée.

Il prit les allume-feu en papier, les plia et les mit dans sa poche. Puis il se dirigea vers la porte-fenêtre, ne s'arrêtant que pour lancer par-dessus son épaule :

— Au revoir, cher monsieur Poirot.

Il allait sortir dans le parc lorsque la voix de Poirot, joviale et naturelle, l'arrêta net :

— Ne souhaiteriez-vous pas également l'enveloppe ?

Raynor pivota sur lui-même. À ce moment précis, l'inspecteur Japp arrivait du jardin. Le secrétaire recula de quelques pas, hésita un instant puis opta pour la fuite. Il se rua vers la porte-fenêtre, juste pour se faire cueillir par l'inspecteur et par Johnson qui apparut soudain sur le seuil.

Poirot se leva de son fauteuil en s'étirant.

— Eh bien, mon cher Japp, demanda-t-il, vous avez tout entendu ?

— Jusqu'au moindre mot, grâce au billet que vous m'aviez fait parvenir, Poirot, répondit le policier qui ramenait de force Raynor au milieu de la pièce avec l'aide de Johnson. On entend parfaitement bien depuis cette terrasse, là, à deux pas de la porte-fenêtre. Maintenant, voyons un peu ce que nous pouvons trouver sur lui.

Il sortit les allume-feu de la poche de Raynor et les jeta sur la table basse. Puis un petit tube.

— Et voilà ! Scopolamine ! Vide !

— Ah, Hastings ! s'écria Poirot pour saluer l'entrée de son ami qui arrivait par la porte du hall en portant un verre de whisky soda qu'il tendit au détective. Vous voyez, fit-il à Raynor avec la plus grande amabilité, je n'ai pas marché dans votre petite comédie. Vous, en revanche, vous avez foncé tête baissée dans la mienne. Mon message donnait mes instructions à Japp et à Hastings. Après quoi je vous ai tendu la perche en me plaignant de la chaleur. Je savais que vous me proposeriez un verre. Vous n'attendiez qu'une occasion. Ensuite, tout a marché comme sur des roulettes. Quand je suis allé à la porte, mon brave Hastings attendait dehors avec un autre whisky soda. J'ai changé de verre et je suis revenu. Et en avant pour la grande scène du III !

Il rendit le verre à Hastings.

— Pour ma part, je ne suis pas réellement mécontent de la façon dont j'y ai tenu ma partie.

Il y eut un silence pendant lequel Poirot et Raynor se jaugèrent du regard. Puis le secrétaire parla :

— J'ai eu peur de vous dès que vous avez mis le pied dans cette maison. Mon plan aurait pu fonctionner. J'aurais pu assurer le restant de mes jours avec les cinquante mille livres — peut-être même plus — que j'aurais obtenu en revendant cette maudite formule. Mais après votre arrivée, je n'ai plus été aussi sûr de m'en tirer pour le meurtre de ce vieux fou pontifiant et pour le vol de son précieux morceau de papier.

— Je vous ai déjà fait remarquer que je vous trouvais intelligent, répliqua Poirot qui se rassit dans son fauteuil, l'air manifestement satisfait de lui-même.

— Edward Raynor, énonça rapidement Japp, je vous arrête pour homicide volontaire sur la personne de sir Claud Amory, et je vous avertis que tout ce que vous direz désormais pourra être retenu contre vous.

Et il fit signe à l'agent Johnson de l'emmener.

20

Lorsque Raynor sortit sous la garde de Johnson, les deux hommes croisèrent miss Caroline Amory qui entrait au même moment dans la bibliothèque. Elle se retourna sur eux d'un air tourmenté puis se précipita vers Poirot.

— Monsieur Poirot, haleta-t-elle tandis qu'il se levait pour la saluer, puis-je en croire mes yeux ? Serait-ce monsieur Raynor qui a tué mon pauvre frère ?

— Hé oui, mademoiselle.

Miss Amory en fut abasourdie.

— Oh ! s'égosilla-t-elle. Oh ! Je ne peux pas le croire ! Quelle monstruosité ! Dire que nous l'avons toujours traité comme un membre de la famille. Gavé d'Ultrabrille et j'en passe...

Elle se détourna soudain et s'apprêtait à partir lorsque Richard entra et lui tint la porte ouverte. Elle se rua presque hors de la pièce au moment où Barbara arrivait du jardin.

— C'est renversant, il n'y a pas d'autre mot ! s'écria cette dernière. Edward Raynor, lui ! Qui l'eût cru ? Le type qui l'a percé à jour ne doit pas être le dernier des imbéciles ! Je me demande qui ça peut être !

Elle adressa un regard entendu à Poirot, lequel inclina néanmoins la tête en direction du policier.

— C'est l'inspecteur Japp qui a résolu l'affaire, mademoiselle.

Le visage de l'inspecteur s'illumina.

— Des comme vous, on n'en fait plus, monsieur Poirot. Vous êtes un as ! Et un gentleman, par-dessus le marché !

Sur un petit salut de la tête à l'assemblée, il quitta la bibliothèque d'un pas vif, attrapant au passage le verre de whisky des mains de Hastings médusé.

— J'emporte la preuve matérielle, si vous voulez bien, capitaine !

— Dites, c'est vraiment Japp qui a découvert l'assassin de l'oncle Claud ? minauda Barbara. Ou bien, insista-t-elle en s'approchant de Poirot, ne serait-ce pas plutôt vous, monsieur Hercule Poirot ?

Celui-ci rejoignit Hastings et passa son bras autour des épaules de son vieil ami.

— Mademoiselle, révéla-t-il à Barbara, le véritable mérite en revient tout entier à Hastings, ici présent. Il a fait une remarque prodigieusement lumineuse qui m'a mis sur la bonne piste. Emmenez-le au fond du jardin et demandez-lui de vous le raconter par le menu.

Il poussa Hastings vers Barbara et les dirigea l'un et l'autre vers la porte-fenêtre.

— Ah ! mon choupinet mignon, lui soupira-t-elle comiquement tandis qu'ils sortaient dans le jardin.

Richard Amory allait s'adresser à Poirot lorsque la porte du hall s'ouvrit, livrant passage à Lucia. Elle réprima un sursaut en voyant son mari.

— Richard..., murmura-t-elle d'une voix hésitante.

Ce dernier se tourna dans sa direction.

— Lucia !

Elle avança de quelques pas.

— Je..., commença-t-elle avant de s'interrompre.

Richard fit deux pas vers elle, puis s'arrêta.

— Tu...

Tous deux paraissaient extrêmement nerveux et mal à l'aise. Puis Lucia aperçut soudain Poirot et se précipita vers lui, mains tendues.

— Monsieur Poirot ! Comment pourrons-nous jamais vous remercier ?

Le détective lui prit les deux mains.

— Hé oui, madame, vos ennuis sont terminés !

— Un assassin a été pris. Cependant mes ennuis sont-ils pour autant terminés ? fit-elle avec mélancolie.

— Il est vrai que vous ne paraissez pas encore tout à fait heureuse, mon enfant, observa-t-il.

— Le serai-je à nouveau un jour ? murmura-t-elle d'une voix tremblante. Je me le demande.

— Je crois pouvoir vous répondre que oui, répondit-il avec une lueur dans le regard. Faites confiance à votre vieux Poirot.

Il guida Lucia vers la chaise du centre de la pièce, prit les allume-feu en papier sur la table basse, revint vers Richard et les lui tendit.

— Monsieur, j'ai le plaisir de vous rendre la formule de sir Claud ! Quand les morceaux auront été remis ensemble, elle sera — si l'on peut dire — comme neuve.

— Seigneur, la formule ! s'exclama Richard. Je l'avais presque oubliée, celle-là. Je n'ai même pas envie de la regarder. Pensez au mal qu'elle nous a fait à tous. Elle a coûté la vie à mon père et a été à deux doigts de détruire aussi la nôtre.

— Que vas-tu en faire, Richard ? demanda Lucia.

— Je ne sais pas. Qu'en penses-tu, toi ?

Elle se leva et s'approcha de lui.

— Tu veux bien ? chuchota-t-elle.

— Elle est à toi, répondit son mari en lui tendant les allume-feu. Fais-en ce que tu veux, de cette abomination.

— Merci, Richard, murmura Lucia.

Elle se dirigea vers la cheminée, prit une allumette dans la boîte, sur la tablette, approcha la flamme des allume-feu et les jeta l'un après l'autre dans l'âtre.

— Il y a déjà tellement de souffrances de par le monde, murmura-t-elle. Je ne tiens pas à ce qu'il y en ait davantage.

— Madame, dit Poirot, j'admire la façon dont vous brûlez des dizaines de milliers de livres sterling avec aussi peu d'émotion que s'il s'agissait de quelques centimes.

— Il n'en reste plus que des cendres, soupira-t-elle. Comme de ma vie.

Poirot eut un sursaut d'indignation.

— Ouille, ouille, ouille ! s'exclama-t-il, faussement lugubre. Faites avancer les cercueils, convoquez les pleureuses ! Mais pas pour moi, merci ! Non, moi, j'aime être heureux, chanter, danser, jouir des choses et des gens, savourer chaque instant de la vie. Vous voyez, mes enfants, continua-t-il en se tournant pour s'adresser à Richard aussi, je vais prendre la liberté de vous dire quelque chose, à tous les deux. Madame n'en mène pas large en songeant : « J'ai fait des cachotteries à mon mari. » Monsieur se morfond en remâchant : « J'ai soupçonné ma femme. » Et pourtant, vous mourez d'envie de vous jeter dans les bras l'un de l'autre, n'est-ce pas ?

Lucia fit un pas vers son mari.

— Richard..., commença-t-elle à voix basse.

— Madame, l'interrompit Poirot, je crains que sir Claud ne vous ait soupçonnée de vouloir voler sa formule parce qu'il y a quelques semaines, quelqu'un — sûrement un ancien comparse de Carelli, les gens de cet acabit n'arrêtent pas de se tirer dans les jambes — quelqu'un, donc, a envoyé à sir Claud une lettre anonyme évoquant votre mère. Mais savez-vous, folle enfant, que votre mari a essayé de s'accuser devant l'inspecteur Japp, qu'il a même été jusqu'à avouer carrément le meurtre de sir Claud dans le seul but de vous sauver ?

Lucia émit un petit cri et adressa un regard d'adoration à Richard.

— Et vous, monsieur, continua Poirot, figurez-vous qu'il n'y a pas une demi-heure, votre femme clamait devant moi qu'elle avait tué votre père, tout ça parce qu'elle craignait que ce ne soit vous qui l'ayez fait.

— Lucia, murmura-t-il tendrement en s'approchant de sa femme.

Poirot s'éloigna d'eux sur la pointe des pieds.

— Anglais jusqu'au bout des ongles comme vous l'êtes désormais tous deux, sourit-il, j'imagine que pour rien au monde vous ne vous jetteriez dans les bras l'un de l'autre en ma présence.

Lucia le rejoignit et lui prit la main.

— Monsieur Poirot, dit-elle, je ne vous oublierai jamais... Jamais.

— Moi non plus, madame, je ne vous oublierai pas, répondit-il en lui baisant galamment les doigts.

— Poirot, intervint Richard Amory, je ne sais que dire, sinon que vous avez sauvé ma vie et mon mariage. Je ne puis exprimer ce que je ressens...

— Ne vous en faites pas, mon ami, répondit-il. Je suis heureux de vous avoir été utile.

Les yeux dans les yeux et le bras de Richard sur l'épaule de la jeune femme, le couple sortit dans le jardin.

— Dieu vous bénisse, mes enfants ! leur cria Poirot qui les avait suivis jusque sur le seuil de la porte-fenêtre. Oh ! et si par hasard vous rencontriez miss Barbara dans le jardin, pourriez-vous lui demander de me restituer le capitaine Hastings ? Nous devons bientôt repartir pour Londres.

Comme il réintégrait la bibliothèque, son regard se porta sur la cheminée.

— Ah ! s'énerva-t-il en constatant que le pot aux allume-feu n'était pas à l'alignement.

Il s'en fut le remettre d'aplomb.

— Ouf ! Et voilà ! souffla-t-il. Tout est rentré dans l'ordre, à présent.

Et, avec un air d'immense satisfaction, il se dirigea vers la porte.

Composition réalisée par NORD COMPO

Imprimé en France sur Presse Offset par

BRODARD & TAUPIN

GROUPE CPI

La Flèche (Sarthe).
Imp. : 6859 – Edit. : 10464 - 05/2001
ISBN : 2 - 7024 - 3042 - 2
Édition : 01

H 52/1213/9